放下就解脱

太桥旦曾　著

图书在版编目（CIP）数据

放下就解脱 / 太桥旦曾著. — 成都：四川民族出
版社, 2019.7（2021.9重印）

ISBN 978-7-5409-8458-8

Ⅰ.①放… Ⅱ.①太… Ⅲ.①散文集 – 中国 – 当代
Ⅳ.①I267

中国版本图书馆CIP数据核字(2019)第131002号

放下就解脱

FANGXIA JIU JIETUO

太桥旦曾　著

出 版 人	泽仁扎西
特约编辑	唐瑾怀
责任编辑	胡 庆 唐齐
插　　图	李首龙
版式设计	陈 立 李 娟
责任印制	刘 敏
出版发行	四川民族出版社
地　　址	成都市青羊区敬业路108号（邮政编码：610091）
成品尺寸	170mm×240mm
印　　张	11
图　　幅	25幅
字　　数	150千
制　　作	成都华林美术设计有限公司
印　　刷	永清县晔盛亚胶印有限公司
版　　次	2019年7月第1版
印　　次	2021年9月第2次印刷
书　　号	ISBN 978-7-5409-8458-8
定　　价	42.80元

序

贡嘎山是我的家乡，在这里，我度过了快乐而安静的童年。出家多年后与许多汉族弟子结缘，与他们分享佛陀教法的同时，我体会到了都市生活的快节奏。弟子们希望我每日能以简短的方式与分散在天涯的他们共享佛法盛宴，因此便促成了本书出版的因缘。

佛陀的教法如太阳般灿烂平等地照耀着每个众生，我很高兴有这样的平台与每个有缘人一起分享平日里一些简单的体悟，在此感谢所有为本书出版付出辛劳的人们。

现代都市中人来人往、车水马龙，而人心却愈发落寞。佛陀的教法可以填补人类灵魂上的空虚，成为一剂良药播种在心灵的土壤，使干涸的灵魂得到滋养的同时，善良的本质也会因此而开花结果。希望本书的出版可以给浮躁的灵魂以慰藉，给疲惫的心灵以温暖，给忙碌的生活以清凉。

愿人心向善，吉祥如意！

太桥旦曾
2019年5月

目
录

人生就是一场修行之旅

第一章

人的一生也是一段修行的旅程。遭遇挫折不幸的时候，不仅不应该情绪低落和丧失勇气，而应该静下心来调整情绪，昂起头来增加信心，并从容坦然地面对现实和挑战，借此来磨炼自己，以取得更高的成就。

　　○我们所拥有的珍贵的人生，并不是用来做毫无意义的事情的，也不是为我们过度享受提供资源的，而是我们挑战烦恼、降伏自心、发挥爱心、启迪智慧等修行解脱之道的大好时机。让我们共同珍惜宝贵的人生，千万不要错过良好的机会，也不要浪费有限的时间和福报。

　　○人的一生也是一段修行的旅程。遭遇挫折不幸的时候，不仅不应该情绪低落和丧失勇气，而应该静下心来调整情绪，昂起头来增加信心，并从容坦然地面对现实和挑战，借此来磨炼自己，以取得更高的成就。

○ "珍惜人生"要时时处处反映在生活中。早上，必须早起做早课、打扫卫生，或者多做利益他人的善事。白天，做事保持正念，遇到路上堵车、电脑死机、停电等让人心烦的事情时，应仍然保持放松，平心静气地持咒，训练禅定。晚上，不要沉迷于电视剧、麻将、网游而得过且过，应将一天的功德和一切善事回向给众生。

○ 有因缘就努力地逐步学习，没有因缘就先做个好人，这也是学佛的基础。学佛不是想象中那么困难，对伤害他人的事情应尽量减少，对利益他人的事情力所能及地去做，这就是最好的学佛方法。

○ 仅仅满足于做一个好人而不追求精神解脱的人生，就好比一个人只为拥有肥沃的土壤感到满足，而不寻找种子，不努力耕种，也就不会获得果实一般，不究竟、不圆满。

○有些人认为，能够做一个好人足矣。你处于暂时的安乐——增上生，并不意味着你已达到了究竟的解脱——决定善。增上生只是为最终达到决定善的一种暂时的方便条件，而不是终极目标。比如，电梯只是运送我们回家的方便工具而已，没有人会将它当成自己的家，同样地，增上生就像电梯，决定善犹如家园。

○我们活着就是为了修炼人生，也就是改善思想与行为，提高素质和道德。在人生的旅途上，在生活的点滴中，满怀爱心服务一切众生，让福德资粮更加增上圆满；觉悟宇宙生命的真理，让智慧资粮更加明亮观照。人生的修炼成功，就是成就；人生的道德圆满，就是成佛。

○对于有意识地去生活的人而言，人生就是一场修行之旅，但对于无意识地去生活的人来说，人生的确是一种沉重的惩罚。

○我们的行、住、坐、卧和一举一动，有意识地去生活，是觉醒；无意识地去生活，是迷惑。悟或迷、佛或魔、涅槃或轮回，都是一念之差。

○非常幸运，我们开始学佛并修行了，但这不意味着从此我们比任何人更特殊。越是学习体会佛法，就越应该接受、包容一切，尊重、恒顺一切，而不能因为我们是学佛人、修行人，就要让他人尊重、随顺我们。我们学佛修行的唯一目的，并非是为了比别人伟大，而是为了更无私地奉献和更好地服务于众生，并充满爱心与和谐。

○你的心再浮躁、再焦虑和烦恼，都请你不要绝望，也不要过度沮丧，因为你心的本质仍是如此纯洁、安宁、光明、慈爱和智慧。若明白其中道理，并能做到发挥潜能的话，那么我们的一切烦恼和痛苦会自然消融，所有的问题和麻烦也会自然化解，并能离苦得乐、寂静自在。这就是所谓的解脱，也是证得涅槃。

○爱心和智慧是最好的心灵良药。爱心能感化他人，智慧可净化自己。拥有爱心和智慧的人生，是最完美的人生，也是最有价值的人生，更是有意义的人生。

○当有人诽谤你的时候，你不应该感到沮丧，因为喜欢你的人，仍然赞美你；当有人赞美你的时候，你不应该感到骄傲，因为不喜欢你的人，仍然诽谤你。

○如今有些人从书本上、网络上积累了很多佛法知识，并且求了很多法，这个也学，那个也修，可内心却并没有生起出离心和虔诚心，在觉悟上也尚未提升，反而更加迷惑，这种情况叫作"智慧错乱"。智慧错乱的人是无药可救、无法可度的。仅仅积累很多知识却不实修，那又怎么能趋入解脱大道呢？

○学佛的人不应该仅停留在念经、持咒等表面形式上，更不应该迷信于烧香、拜神、算命等。佛教精神是慈悲和智慧。我们应怀着慈悲和智慧的心为众生去做的自己力所能及的、有益的事，一切从家庭生活中做起，从点滴做起，从内心做起。成为家人的榜样之后，再进一步扩大到整个社会、整个人类，最终才能做到利益众生。

○学佛的真正意义在于时刻观察自己的缺点，修行的真正意义在于时刻修正自己的不足。学了众多佛教理论知识，却没有发现自己的缺点，那我们学佛的目的何在？修了多年的参禅持咒，却没有修正自己的不足，那我们修行的意义在哪里？

○佛教徒吃素最正确的态度应是以发起菩提心来吃素，这是大乘佛教的博大精神之所在。吃素不是修行本身，而是修行的助缘，也是方便。一个人自己能做到吃素是很好的，但是，千万不应该因为自己能做到吃素而对别人不吃素升起烦恼和产生邪见。

○从过去的无数次轮回到现在，由于我们被我执束缚，被烦恼折磨，被杂念干扰，同时被当今的种种压力和繁忙煎熬着，所以我们的心一直未曾放过假，也从来未曾休息过。大家应该让烦恼歇息，让忧虑放假，以一颗平静、安宁、舒畅、祥和的心，与家人一起度过幸福美满的日子。

○我宁愿过着艰苦朴素的日子，也不愿意自己的幸福和快乐建立在他人的痛苦之上。

○我们应常发四弘誓愿，终有一天定能做到："众生无边誓愿度，烦恼无尽誓愿断，法门无量誓愿学，佛道无上誓愿成。"由于无边的众生是我们的父母，所以应誓愿度；由于无尽的烦恼是生死轮回的根本，所以应誓愿断；由于无量的法门是趋向菩提的大道，所以应誓愿学；由于无上的佛道是自利利他圆满的境界，所以应誓愿成。

○我非常喜欢这一句："众生无边誓愿度，烦恼无尽誓愿断，法门无量誓愿学，佛道无上誓愿成。"四弘誓愿涵盖了佛法的一切精髓——大悲、大智、大愿。众生无边是苦谛，烦恼无尽是集谛，法门无量是道谛，佛道无上是灭谛。前两部分是下化众生，是世俗菩提心，属于福德资粮；后两部分是上求佛道，是胜义菩提心，属于智慧资粮。

○《正法集经》云："世尊，菩萨不需要学众多法。世尊，菩萨若能善持、善达一法，彼已掌握一切佛法。云何一法？即此大悲心也。"谁的心中具备大悲心，谁就是大慈大悲观世音菩萨摩诃萨。

○供养诸佛菩萨最好的香不是物质之香，而是精神之香。烧悭吝，供布施之香；烧贪欲，供净戒之香；烧嗔恚，供忍辱之香；烧懈怠，供精进之香；烧散乱，供禅定之香；烧愚昧，供智慧之香。

○修心就像养花。养花时，若长时间不浇水，花朵就会干枯，若一次浇太多的水，花朵也会死掉，要根据花的吸收能力来浇水，花才会健康地成长。同样的道理，当我们修心时，如果没有佛法，我们会在轮回中流转，如果学得多，修得少，我们会生起我慢心、增长所知障，甚至最终成为"法油子"。

○在家的修行人不应该以学佛为借口逃避对家庭和社会应尽的责任与义务。有人认为做俗务就会失去修行的机会，养成逃避俗务的习惯，这是一个不好的现象。做俗务是否能成为修行，要依心态来决定。以大公无私的心态来做俗务，俗务也能成为修行；以自我为中心的态度来修行，修行也可能成为毫无意义的事。

○榴莲的外表难看并且闻着很臭，但是只要有勇气品尝第一口就会爱上它，"水果之王"的称号当之无愧。就像我们人一样，有的人让你第一次接触觉得很不好接近，天长日久就会发现其实他是一个内心很善良、很有修养和内涵的人。我们做人就要像榴莲一样，不要只追求外表光鲜，要努力提升内在品德，做一个内心纯净之人。

○世间的名闻利养和荣华富贵，以智慧的眼光来看，它的根本基于无明，它的本质虚幻无常，它的结果痛苦无穷，那么还有什么值得我们沉迷其中、执着不放呢？

○修行主要是修心，心清净与否，决定着我们看到的世界是净土还是污浊凡尘。

○成佛的因缘全在自身上具足，诸佛的功德皆于自心中圆满，我们还有什么理由往外寻求快乐呢？

○即使听闻佛法，若不能认识烦恼，就不是听闻的智慧，而是听闻的妄想；即使思维佛法，若还未降伏烦恼，就不是思维的智慧，而是思维的分别；即使禅修佛法，若没有根除烦恼，就不是禅修的智慧，而是禅修的执着。正如噶举祖师冈波巴大师所说："若不如法而行，仍是种下因法反而堕落恶道的因，实在无益。"

○欣赏着美丽的月景，我们想到了什么？是否会发现月亮的光明象征着人们的智慧，月亮的圆满象征着人们的福德？此刻天空的明月啊，正是我们修行的祈愿，何时能像她一样，智慧的光辉明亮而普照，福德的资粮充盈而圆满！

○我们的智慧本像月亮一样光明，如果没有被云雾般的烦恼遮住本性，就会永远光明无比；我们的福德本像月亮一样圆满，如果没有被罗睺般的私心毁灭功德，就会永远那么充盈。我们对着月亮祈愿吧，愿我们早日去除烦恼和私心垢念，早日回到如月般明亮圆满的本性！

○我每天早上起床后，晚上睡觉前，都不忘念诵的一句非常重要的佛语，就是顶果法王写的："不要忘记上师，时刻至诚祈祷；不要忘记自心，时刻观照本性；不要忘记死亡，时刻观修无常；不要忘记众生，时刻回向祈愿。"

○若以负面的心态去看世界，那么你所看到的世界是灰暗的、不光明的；若以正面的心态去看世界，那么你所看到的世界是真实且光明的。

○对于充满爱心的人来说，无论遇到任何境况，与任何人接触，他的生活总是温暖的，人生永远是精彩的；对于自私自利的人而言，无论遇到任何境况，与任何人接触，他的生活总是冷漠的，人生总是乏味的。

人生就是一场修行之旅

○修行不是盲目信仰，而是理智地探究真理。修行不是脱离生活，而是全身心地融入生活。修行不是逃避责任，而是有公益心地担当义务。修行不是放弃俗务，而是无私地奉献大众。修行不是高高在上，而是谦逊地尊重他人。修行不是执着成就，而是持利他心服务众生。

○有些学佛的人重视打坐，却忽略行善积德、播撒福报。这就像在缺乏燃料的情况下取火，非常愚蠢。若修行的资粮福报不够，无论如何打坐，也产生不了任何定力，成就不了任何境界。我们应该从做人做起，由真诚待人、关爱生命开始，在实际生活中渐渐让福报增长，使功德圆满，定力才会自然提高，智慧才能自然圆满。

○感恩父母的养育，感恩老师的教育，感恩医生的治疗。更要感恩佛陀引导我们踏上解脱之路，感恩佛法帮助我们解决烦恼，感恩僧宝陪伴我们一路修行。父母、老师和医生的恩德只能带来暂时的世间的幸福和快乐。佛、法、僧三宝的恩德不止于此，三宝还能解决永恒的问题，更能使我们获得解脱和证悟佛果。感恩三宝！

○母亲给孩子煮饭，却不能替孩子吃饭；老师教学生知识，却不能替学生学习；医生为病人治疗，却不能替病人服药。同样地，佛陀引导我们如何踏上解脱之路，却不能替众生成佛；佛法帮助我们如何解决烦恼，却不能替众生证悟；僧宝陪伴我们一路修行，却不能替众生成就。

○如今有些人，内心充满了邪见与颠倒之心。将真理视为谬论，这就是邪见；将谬论视为真理，这就是颠倒。芸芸众生，由于无明之故，追求真理之人寥寥无几，追逐谬论之人却比比皆是。请佛菩萨加持，愿如母一切众生的心中能树立正知正见！

○我们学佛修行的目的是为普度众生而证得佛果。佛果源于菩萨的福德资粮和智慧资粮。福德资粮依靠众生而积累，智慧资粮依靠诸佛菩萨而圆满。对于追求解脱、成就佛果的人而言，众生给我们带来的恩德与诸佛菩萨是同等的。我们应当对众生怀着感恩之心去传递佛法的真理，并使大家从轮回的沉迷中共同早日觉醒。

○如果你想让父母欢喜，就应该使家庭和睦，家庭和睦是孝顺父母的最佳方式；如果你希望高僧大德长久住世，就应该与师兄团结，师兄团结是供养上师们的最好礼物；如果你想得到诸佛菩萨的庇护，就应该以真诚待人、关爱生命，真诚待人和关爱生命是令诸佛菩萨欢喜的最殊胜途径。愿佛菩萨保佑如母一切有情众生！

○有些人学佛之后，佛法知识越来越渊博，但是对周围人的态度越来越冷淡，这表示学佛的过程中缺乏发挥爱心，真正学佛的人在佛学知识增长的同时会对众生生起慈悲心；有些人对修行愈加投入的同时却对家务和工作感到越来越厌恶，这表示修行的过程中缺乏发挥智慧，真正的修行人修行越久，就越能做到在生活中修行，修行中生活。

○有些学佛的人，表面上念佛认真、吃素严格、打坐精进，然而生活中，对家人缺乏关爱，不能做到家庭和睦，对金刚师兄缺乏包容，不能做到金刚师兄之间的团结。与家人不和睦，表明失去了做人的基础；与金刚师兄不团结，表明失去了修行的根本。既然没有做人的基础和修行的根本，那么学佛又能有什么成就的希望呢？

○学佛很久却仍未认识烦恼，表明我们的学佛仅限于学术；修行多年却仍未解决烦恼，表明我们的修行只注重形式；即使自称为上师、活佛、堪布、法师、成就者，若仍未战胜烦恼，心中不具备爱心和智慧，那么这些成就者的名号就是徒有虚名。

○皈依很早，仍不能生起虔诚之心，应当念诵百字明咒来忏悔业障；学佛很久，仍不能生起出离之心，应当观修四共加行来断除贪欲；认真修行，仍不能生起菩提之心，应当修持自他交换来降伏自私；禅修很久，仍不能生起空性正见，应当持诵心经和金刚经，并实修大手印的殊胜智慧来摧毁无明执着。

○虽然我们皈依很早，却仍未生起虔诚心，说明我们业障很重；虽然我们学佛很久，却仍未生起出离心，说明我们贪欲很大；虽然我们修行认真，却仍未生起菩提心，说明我们私心很强；虽然我们打坐很久，却仍未树立空性见，说明我们无明很深。

○学佛是否成功的标准不在于你掌握了多少佛教知识，也不在于你在山洞里闭关了多少年，而在于佛陀教导我们的人格标准你能做到多少。

○我们总是自以为是，认为自己是很好的修行人。当身处顺缘时，就平心静气、面带微笑，表面上一副好修行人的样子；一旦逆缘来袭，就立即表现出不喜欢、不接受、埋怨他人、脾气暴躁、激动易怒，情绪上仍然会受到很大的影响。这算是什么修行？根本就谈不上修行。

○佛教徒对生病的态度乐观而积极。因生病而体会到患者的感受，因生病而谨慎恶业，因生病而努力行善，因生病而消除业障，因生病而降低我慢，因生病而生起爱心，因生病而功德增上。生病是一场修行之旅，病越久业障消除越有效，病越重功德增上越迅速。生病是不求而得的助缘，也是不请而至的幸运。

○宁愿自己生病，也不愿伤害任何一条生命。每一个生命都珍爱自己的性命，每一个生命都拥有苦乐的感受，每一个生命都寻求生存的平安，每一个生命都曾是我们的父母，每一个生命都是修行的助缘，每一个生命皆有如来佛性。祈请佛菩萨加持，愿我永具菩提心，愿您速证菩提果！

○每当我生病、身心不舒服时，就会想起恩德上师的窍诀："当你生病时，应当想将如母有情众生的疾病都发生在自己身上，发愿如母众生永离疾病之苦而获得解脱。"由于上师的加持不可思议及窍诀殊胜之故，身心的疼痛和难受自然减轻或消失了。我坚信，如果你也如是清净发愿，就一定能从疾病的恐惧中得到解脱。

○在三宝加持的阳光下成长的我，由于获得恩德善知识的正确引导，坚定地认知心中本来具足爱心的明灯和智慧的光明，再也不怕生命的夜路，也不畏轮回的黑暗。

○修身，不但要做到不杀生、不偷盗和不邪淫，还要做到爱护生命、布施财物和持守净戒；修口，不但要做到不妄语、不恶口、不挑拨离间和不绮语，还要做到言谈忠实、谈吐文雅、劝人和睦和言必及义；修意，不但要做到不嗔恚、不贪欲和不邪见，还要做到修持慈悲、保持少欲知足和树立正知正见。

○修行，就是修身、口、意。通过闻、思、修和戒、定、慧的实践，让自己的身、口、意与诸佛的身、语、意逐渐相融合，最终达到自己和诸佛全然地合二为一，乃至超越一体和异体等二元对立的境界，并任运圆满弘扬佛法和普度众生的伟大事业。

○关怀生命，使爱心博大宽广；闻思佛法，让智慧展现发挥；实修实证，令佛性全然显露、大彻大悟。

○内不随念转，念起即觉觉即智；外不随境迁，境显即幻幻即空。智空双运，是真正的佛教禅定。

○很多人都想成就，却往往不能如愿以偿。至今仍然没有获得成就，并不是意味着我们缺乏成就的能力，而是自大与私心阻碍了内在潜能的展现。自大会阻碍获得解脱，私心会阻碍证得佛果。

○因为过于追逐此生的名利，所以往往忽略了修行，于是对死亡既没有做好任何准备，对来生也没有把握正确的方向。

○在轮回的大牢狱里，很少人拥有出离的勇气；在生死的大苦海里，更少人拥有解脱的智慧。

○当我们受到别人赞美的时候，如果我们谦虚对待的话，我们的福德便会更加增长；如果随之生起我慢的话，我们的福德不久就会消失。

○寂天菩萨在《入行论》中说："一嗔能摧毁，千劫所积聚，施供善逝等，一切诸福善。"意思是说，即使是千劫中通过布施和供奉诸佛等获得的善业福报，只要你生气发怒一次，就会将全部福善功德抵消干净。

○当我们以正面的心态去修行，即使做世间琐事，也会成为获得解脱的缘；当我们以负面的心态去修行，即使行佛教事业，也会成为堕落恶趣的因。

○学佛时间越久，修行功夫越高，越应该将烦恼、执着、习气彻底降伏和断除，同时，爱心和智慧得到无限提升。然而，有些人往往是背道而驰，烦恼比没有学佛的人更炽盛，内心的执着和习气比没有开始修行时更严重。原因是，我们在修行的过程中缺乏了正知正见，于是所学所修的一切，反而成为增长邪知邪见的助缘。

○每个众生都具佛性，然而众生的佛性被无明烦恼遮住，就像太阳被乌云遮住一般。只有通过实修实证才能够将自己的本能发挥出来，将如同太阳一般的佛性展现出来。成佛并不是说我们去一个没有去过的地方，也不是得到一些没有得到过的东西，而是让我们心中原有的潜能全然地显露，使我们的心彻底清净。

○无论世界如何改变，不管时代如何变迁，我们对三宝的坚定信心决不动摇；无论我们身处顺境，还是正在遭遇逆境，我们对因果的深信也绝不会受到影响。因为对上师三宝的虔诚和对因果轮回的深信，是起初由心的深处生起，中间与佛教真理相伴，最终与究竟实相合一的。

○当今时代的人们缺乏的并不是佛教的知识和理论，而真正缺乏的是对三宝的无伪信心和对因果的深信不疑。这才是我们无法成就的根本原因。

○学佛的人不要以消极的心态，为逃避责任和现实而选择修行，而是要以积极的心态，愿意追求生命的觉醒之道而选择修行，毕竟在这一过程中，充满爱心和内心的觉悟是最大的收获。

○追求精神良药的智者就像狮子一样伟大，追逐物质享受的愚人好比狗一般愚昧。当一块石头丢过来时，狮子根本不理会石头，但会观察石头是谁丢的；狗根本不会观察石头的来源，却盲目地去追石头。心，是诸法之根，万物之源。掌控了心，等于掌控了诸法；通达了心，等于通达了万物；降伏了心，等于战胜了一切。

○大海之舟因舵手而到岸，人生之舟因良师而解脱，身躯之病因良药而治愈，精神之病因妙法而觉醒。

○以文字般若让不安定的心安定，以观照般若让安定的心稳固，以实相般若让稳固的心发挥功用。

○以深信因果、取舍正当让不安定的心安定，以专心行善、珍惜当下让安定的心稳固，以追求真理、启迪智慧让稳固的心发挥功用。

○以清规戒律让不安定的心安定，以禅修定力让安定的心稳固，以证悟智慧让稳固的心发挥功用。这就是戒、定、慧三学的修行过程。

○以闻思律藏让不安定的心安定，以闻思经藏让安定的心稳固，以闻思论藏让稳固的心发挥功用。这就是律、经、论三藏的闻思过程。

○以认识烦恼让不安定的心安定，以降伏烦恼让安定的心稳固，以根除烦恼让稳固的心发挥功用。

○不贪图钱财，不追逐名利，只愿知足常乐。生起出离心而趋向解脱，是放下对世间琐事的执着而获得自在。

○执着是苦恼的根源，放下执着，才能获得自在。关于放下执着，有些错误的认识，将放弃误认为放下，结果是修行越久，越会脱离生活。表面上自以为是放下，实际上是执上加执，迷上加迷。放下并不等于不能有任何执着，而是因人而异。放下好比爬楼梯，后放前追一般。因为修行有次第，所以放下也须有次第。

○我们从无始以来在此轮回的大苦海中，被贪、嗔、痴"三毒"所折磨，被苦苦、坏苦、行苦"三苦"所煎熬，就像一个得病严重的患者一样非常可怜。如果缺乏善知识的引导，也没有闻、思、修佛法，根本无法解决生、老、病、死的问题，也无法证得心的本来面目——自生智慧。

○怎样才是正确的修行？以智慧去净化自己，以慈悲去感化他人，这才是正确的修行。

○当我散步时，看着地上的落叶，就想：同样是树叶，有些掉落在花园里，有些掉落在草原上，有些掉落在泥塘中，甚至有些掉落于悬崖下。同样，地球上的生命就像树叶，由于各自的业力不同，所去的地方也不一样，有的往生净土，有的升入天堂，有的投生为人，还有的却堕入恶趣之中。当我看到每一片树叶时，感到既欢喜又悲伤！

○有人说皈依佛，清规多，不自由，这是逃避学佛的借口，很不合理。生活中时时处处都要守规矩。为了好的前程，从小我们要遵守学校的规定；为了事业成功，上班要遵守单位的制度；为了健康保障，治病要遵守医嘱……同样，即使佛教清规再多，生活再不自由，我们仍然要皈依上师三宝，否则要从轮回中解脱怎么会有保障呢？

○学佛不是盲目皈依，而是小心谨慎地寻找良师。学佛不是盲修瞎练，而是依教奉行地踏实修行。学佛不是沉迷理论，而是身体力行地取得成就。学佛不是好高骛远，而是系统次第地闻、思、修。学佛不是断灭念头，而是保持觉醒地回归本初。学佛不是向外着相，而是观照自心地显露本性。学佛不是追求神通，而是智悲双运地证悟佛果。

○随着时代的发展和经济的发达，当今很多学佛的人生活条件非常优越：住处宽敞、环境优美，有庄严的佛堂、昂贵的佛像和法器及各种珍贵的佛珠。表面上看来似乎学佛的条件很具足，然而，实际上内心并没有转向佛法，也没有通往解脱和趋向菩提，只是沉迷于佛教的外表形式之中，这意味着陷入了另一个极端罢了。

○有一次我去海边散步。当我看天空时，天空仿佛告诉我，心就像天空一样广阔；当我看阳光时，阳光好像告诉我，心就像阳光一样明亮；当我看大海时，大海似乎告诉我，心就像大海一样平静；当我看沙滩时，沙滩好像告诉我，心就像沙粒一样放松；当我感受微风时，微风好像告诉我，心就像微风一样自在。

○眼睛向外观看时，见到一切形形色色，感到世界如此真实；用心往内观照时，觉得内心空无一物，感到世界如此虚幻。世界到底是真实的还是虚幻的？对于初学者而言，理论上世界是虚幻的，现实上世界是真实的。事实上，世界既不真实，又不虚幻，而是显空双运、明空双运、乐空双运和智悲双运的大法界境界。

○将六度的修持融入生活：修持布施不但可以助人，还会愈加慷慨大方；修持持戒不但清净恶业，还会更加关爱生命；修持忍辱不但化敌为友，还会变得笑容可掬；修持精进不但人生成功，还会乐于服务他人；修持禅定不但内心平静，还会懂得活在当下；修持智慧不但做事圆融，还会时刻保持觉悟。

○布施的真正意义是放下悭吝去除，而不是怀着吝啬之心施舍于人。持戒的真正意义是降伏自心，而不是执着于极端苦行。忍辱的真正意义是怜悯仇人，而不是麻木无奈地忍受。精进的真正意义是法喜充满，而不是固执地修行。禅定的真正意义是保持觉醒，而不是闭着眼睛什么都不想。智慧的真正意义是树立正知正见，而不是落入偏见。

○六度给人们带来的世间美德：布施不但得到荣华富贵，还能养成知足常乐；持戒不但得到人天安乐，还能养成道德完美；忍辱不但得到相貌庄严，还能养成心地善

良；精进不但得到圆满成功，还能养成持之以恒；禅定不但得到心的平静，还能养成行为稳重；智慧不但得到身心自在，还能养成保持觉知。

○布施并不只是送施财物，而是能放下对物质的贪欲；持戒并不只是断恶行善，而是能生起对轮回的出离；忍辱并不只是压抑愤怒，而是能调伏内心的嗔恨；精进并不只是努力修法，而是能时时刻刻保持法喜；禅定并不只是得到平静，而是能安住于本然的自觉；智慧并不只是通达经典，而是彻底觉悟心的本性。

○人们都希望身体健康，却很少有人寻求精神健康；都希望此生平安，却很少有人追求来世光明；都希望打败敌人，却很少有人懂得降伏自心；都希望工作成功，却很少有人希求修行成就；都希望事业圆满，却很少有人追求福慧圆满；都希望得到地位，却很少有人祈愿一切众生能安置于佛果。

○无著贤菩萨生病，示现圆寂的征兆。弟子询问上师会投生到哪里的净土？大师开示："过去也有噶当派的大师发愿投生地狱。因此若是能够利益他人，投生地狱我也高兴。若是不能利益他人，我也不想投生到净土。无论如何，我虽然没有自主的能力，但我发愿投生为一个能够利益他人的生命。"

○无论善念还是恶念，正念还是邪念，一切的起心动念皆是缘生缘灭、缘起缘落，这说明心的本性是空性；无论我们在地狱还是在天堂，感受快乐还是遭受痛苦，心中本来就圆满具备慈悲心、菩提心以及大智慧等如来藏佛性的一切功德，这说明心的自性是光明。

○我们的痛苦与快乐、高兴与悲伤、烦恼与智慧、富贵与贫穷、挫折与幸运、疾病与健康，都不来自于外在，既不是神仙赐予的，也不是魔鬼造成的，一切显现都来自自己的内心。犹如晚上沉睡时梦中所显现的境界一般，无论外在的显现与内在的感受，一切都由心中产生，由心而显现。

○因为我们不知道自己从哪里来，所以对过去迷惑；因为我们不晓得将往何处去，所以对未来茫然；因为我们不明白要活在当下，所以对现在没有好好珍惜和把握……我们的"心"总是在回忆过去、盼望未来、随从当下妄念的状态里，这些都是对自心缺乏认识所导致的。

○我们为什么要修心？佛陀在经典中说得很清楚：如果我们的心向善的话，所说的言语、所做的行为都能成为善；如果我们的心向恶的话，所说的言语、所做的行为都会成为恶。我们的所言所行成为善还是恶，取决于自己的心态。同样，我们获得快乐还是遭遇痛苦，也完全是由自己心的善与恶来决定。

○日常生活中，我们要管理好自己的行为，守护好自己的口，照顾好自己的心，令自己的心像水晶一般清净，像棉花一般柔软，像微风一般自在。要做心的主人，生活就会自然而然地快乐起来。

○我们能不能拥有一颗慈悲的心，脸上能不能经常带有一丝笑容，口中能不能经常说一些温柔的话语，关键是每天能不能做心的训练，在心中建立起正知正见，用正面、乐观的心态来培养自己的清净之心。

○心之本性空，自性大光明，本来常寂静，何处不安定。

○以家庭和睦让不安定的心安定，以良好的人际关系让安定的心稳固，以善待一切生命让稳固的心发挥功用。

○以回避仇人让不安定的心安定，以降伏嗔恨让安定的心稳固，以充满爱心让稳固的心发挥功用。

○我们都想让不安定的心安定，却很难做到，反而浮躁、焦虑，原因是我们从生到死一直在不断向外求。已经获得一些世间的成功，却仍然不满足，并为追求更大的成功不停地造业。有些人失败，却体认不到因果报应，仍然继续造业。现在我们的所思所做，注定了难以获得内心安定，更不用说稳固或发挥功用了。

○如果自己的心清净，世界就变得完美；如果自己的心染污，世界就变得肮脏。

○首先，以身体的行为清净让不安定的心安定；其次，以口的言语清净让安定的心稳固；最后，以意的思想清净让稳固的心发挥功用。这就是身、口、意三门清净的修持过程。

○首先，以不回忆过去让不安定的心安定；其次，以不期盼未来让安定的心稳固；最后，以不随从当下的念头让稳固的心发挥功用。

○首先，以珍惜所拥有的让不安定的心安定；其次，以少欲知足让安定的心稳固；最后，以放下贪执让稳固的心发挥功用。这就是在日常生活中，使我们的心安定、稳固及发挥功用的方法。

○无论我们的心安定、稳固还是发挥功用，修行的成长都是阶梯式的，需要一个过程。要在时间的打磨下，不断地成就和完善自己。只要得到善知识的正确引导，依教奉行，并持之以恒地勇往直前，大器晚成又何妨？

○有时我处理一件困难的事情，即使是一件大事，仍然能坦然、从容且顺利地解决，究其原因，发现当时的我自我没有那么强大，私心也没有那么严重；有时我处理一件困难的事情，哪怕是一件小事，自己却心烦意乱，处理得不够融洽，究其原因，发现当时的我自我强大，私心严重。总之，一切唯心所造。

人 生 就 是 一 场 修 行 之 旅

○在大地震的灾难中，蚂蚁因身体微小而得以幸存，蝴蝶因翅膀轻盈而免于受伤。人们却在面对挫折时，因我执过于沉重而无法逃脱情绪的灾难。

○自我净化的同时，奉献无私的爱心，是人生中最伟大、最崇高、最神圣的事。寂天菩萨说："我愿把我的身体、财富以及过去、现在、未来所积累的一切功德毫无吝啬地用于为众生谋利的事情上。由于奉献给了众生，因而获得涅槃的成就，从而使你的心也达到寂静。在所有的奉献中，唯有为众生的利益奉献是最神圣的。"

○噶举祖师帝洛巴大师曾对那若巴大师说："那若巴，束缚你的不是显现本身，而是你对显现的执着。"每当我遇到各种景象而产生执着时，都会忆念这句窍诀来调伏自己的内心。

○信与不信，因果就在那里，或善或恶，与你如影随形，不离不弃。

○信而不修，果报就在那里，或乐或苦，与你寸步不离，不毁不灭。

○修而不悟，轮回就在那里，或生或死，与你痛苦伴随，不解不脱。

○悟而不度，众生就在那里，或父或母，于你恩重如山，不孝不敬。

○悟与不悟，佛性就在那里，或悲或智，与你同体光明，不生不灭、不增不减、不垢不净、不来不去。

少欲知足真富翁

降伏烦恼应从少欲知足做起，过度的欲望会导向贪婪——一种极度扩张的欲望，根植于不切实际的期盼。想要矫正贪婪，需要从内在的满足开始。若能做到少欲与知足有什么好处呢？保持少欲知足的人不但没有痛苦、无有疲劳，还会获得身心自在。正如《涅槃经》中说：「少欲者，不求不取；知足者，得少不悔恨。」

○若能做到少欲与知足有什么好处呢？保持少欲知足的人是最富有的，也无有疲劳，还会获得身心轻安和自在。龙树菩萨曾说过："佛说一切财产中，知足乃为最殊胜。是故应当常知足，知足无财真富翁。"

○一般来说，每个人都有生存压力、家庭压力和工作压力。这些压力都源于人们一直为"想要"而追求，但实际上我们可以为了"必要"而生活，如此就不会那么劳累。想要的东西太多了，但实际必要的并没有那么多。

○富有的人常常为管理钱财而烦恼；贫困的人往往为寻求生计而烦恼；老年人经常为养老治病而烦恼；年少的人往往为学习成绩而烦恼。毕竟是处于轮回，无论贫富贵贱，还是男女老少，都各有各的执着、烦恼和痛苦。这就是轮回的本质，也是世间的事实。学佛就是为了让我们从轮回苦海中彻底获得解脱并圆满觉悟。

○如果我们紧紧抓住此生的名利不放，表明我们还根本谈不上是修行者；如果我们深深地被轮回所诱惑，表明我们仍未踏入解脱之道；如果我们不能舍弃对自我的珍爱，表明我们还未生起菩提心；如果我们不彻底断掉对生命和宇宙所起的假相之见，表明我们心中并没有树立正知正见——缘起性空。

○财富无常，终会用尽，应当舍弃悭吝，广结善缘；地位无常，终会衰败，应当舍弃自私，无私奉献；名气无常，终会失去，应当舍弃我慢，传递爱心；亲人无常，终会离散，应当舍弃抱怨，和睦相处；身体无常，终会衰老，应当舍弃贪执，勇猛精进。无常的观念里诞生永恒的真理，生活的点滴中发现觉醒之道。

○财富再多，总有用尽的时候；地位再高，总有衰败的时候；名誉再大，总有失去的时候；亲人再多，总有离散的时候；身体再好，总有衰老的时候。只有内心的觉醒才是不生不灭、不增不减、不垢不净的至高无上境界。

○很多人盲目追逐钱财，却很少有人能体会钱财是一把"双刃剑"。懂得善用钱财，钱财就是修行的助缘，钱财越多，就越能帮助到更多的众生，种下广大的福田；若出于自私而滥用钱财，钱财就是造恶的工具，钱财越多，就越会伤害更多众生，种下让自己堕落地狱的种子。人如果缺乏善良，最好还是不要成为一个富裕之人！

○我们只是拥有钱财，福报是不够的，重要的是要具有善用钱财的智慧，否则钱财不会给我们带来快乐和幸福。就像有些人，没有钱财的时候盼望得到钱财，得到了钱财又觉得烦恼，既不知道如何管理，又不懂得如何善用。所以大多数人的最终结局就是"人财两失"。

○当你住着宽敞舒适的房子，开着豪华昂贵的轿车，身着华丽时髦的美衣时，你是否想到过偏远山村的孩子们没有钱读书，路边可怜的乞丐还不能享有温饱，很多穷人看病、买药都很困难……我们的确不该自私、贪婪，也不该奢侈、浪费，而应该怀着爱心和利他之心向需要帮助的人伸出援助之手！

○我们付出了时间与精力学习佛法知识、修习佛法仪轨，如果未能保持少欲知足的心态，没有出离心、虔诚心、爱心和智慧，那么学佛的目的和意义何在？我们学佛和修行难道不是为了获得内心的改善和解脱吗？正如尊贵的大宝法王噶玛巴所说："所谓法，就是指改变你的心，唯有靠心才能改变心，唯有心才能解脱心。"

○现代社会有很多现象是值得我们深思的：拥有多处房产却只能住在一处，买了数辆车子却只能开一辆，准备许多衣服却只能穿几件，有很多钱财却不懂善用，有大学问却缺乏道德，有极高的地位却很少做得到无私，学佛后却不能真正修行，修行佛法的人中有成就的人少之又少。

○从古至今，凡夫俗子都是为了自己的利益而追求金银财宝和名闻利养，最终却没有一个人能满足于荣华富贵而死亡。因为心的力量是无限的，欲望也是没有限制的，因此对于物质的贪欲是永远不可能满足的。

○有几个熟悉水性的人乘船渡江，浪打翻了船，他们竭尽全力游向岸边，水性最好的那个人却怎么也游不快。岸边的同伴问他怎么啦。那人说："我腰上缠着千金，太重了！"同伴着急道："命都快没了，扔掉吧！"但这人坚持不扔，结果被淹死了。这种过分贪图钱财，甚至把钱财置于生命之上的人，必然葬身其中。

少欲知足真富翁

○少欲知足非常重要，轮回中的痛苦及生死都来源于贪欲。譬如你一直想要得到更多的财富，这表示你心里一直不满足，有了还要更多，多了还要更好……结果会达到一个极限，最后你就会不得不和现实抗争。如果你的抗争失败了，你就会跌入失望的深渊，变得沮丧不已。这就是欲望最可怕之处。

○对于智者而言，钱财是积功累德的一种资粮；对于凡夫而言，钱财是诱惑，是迷惑，成为流转轮回的因素。古人云："善用之为福，不善用之为祸。"我们需要用一颗觉醒的心来看待物质与钱财，善用钱财做更多有意义的事。

○有些人为了钱财和名利而引发亲人之间的纠纷、朋友之间的背叛、人与人之间的矛盾和冲突；有些人为了亲人之间的感情、朋友之间的友好、人与人之间的和谐而善用钱财、广结善缘。你选择哪一种，取决于你自己。

○过度的欲望会导向贪婪——一种极度扩张的欲望，根植于不切实际的期盼。想要矫正贪婪，只能从内在的满足开始。保持少欲知足的人不但没有痛苦、无有疲劳，还会获得身心自在。

○世界上有一类不明理的人，他想多得钱财用来布施，得到福德，于是以做生意为职业，经营之时做了许多不道德和违法的事，这样做虽然暂时也能赚来些钱，但所得到的利益补偿不了害人的祸业。这样的人，将来还要坠入地狱，就像《百喻经》里的背偻病人一样，本来想治好自己的背偻病，却被压出双眼进出，实在是得不偿失。

少欲知足真富翁

○当我们拥有很多钱财时，不同的人有不同的使用和面对的方法，会产生不同的结果。懂得感恩之人变得更加珍惜，并善用它来做更多的好事，其结果是良性循环；私欲膨胀之人变得更加贪婪，并利用它来做更多的坏事，其结果是恶性循环。

○钱财，如果妥当使用，能让我们迈向幸福；如果使用不当，会让我们趋向痛苦。钱财乃一切善与恶的媒介，具有爱心和智慧之人，能善用钱财；自私和愚昧之人，则会使用不当。

○人们总在年轻时卖命赚钱，又在有钱后花钱买命。大多数人并没有意识到自己所面临的一系列身体与精神问题，其实是日积月累的赚钱过程所导致的。很多疾病是花再多钱也治不好的，可见钱财并不是万能的。而心才是万能的，"诸法唯心造，万物唯识现"。快乐从内心寻找，由内而外的快乐，才是真的快乐。

○通过一生的努力，我们或许能得到名车豪宅等令人羡慕的世间利益。我们曾以为拥有这些，就会拥有幸福快乐的生活。可是真正拥有钱财之后，才发现因此而付出的代价过于沉重。更令人沮丧的是，现在拥有的幸福未必比以前多，而健康的身体却一去不返，纯净的思想已被染污，快乐幸福已消失不见。

○即使我们拥有了三千大千世界的一切财产，或者我们面前天天降临取之不尽、用之不竭的各种珍宝雨，凡夫的欲望仍然无法满足。如《因缘品》中所说："虽降珍宝雨，贪者不满足。"如果随着贪欲放任自流的话，不但生死疲劳，还会成为欲望的奴隶，在轮回的苦海中无有出期。

○当人们暂时地获得了期望中的物质财富时，却发现青春年华已经消逝，身体健康已离我们而去，心情也经常闷闷不乐……这时即便付出再多的金钱，也无法换回原来的青春与健康。

○我们往往习惯于将所有的一切寄托在家庭、金钱、名闻利养等外在的因素上，并不知道幸福与快乐、真理与觉悟来源于内心的本性，这是很可惜的事。现在有很多人为了追求更加稳定富足的生活而忙碌地工作，拼命地赚钱，往往忽略了超负荷工作带来的身体疾病和精神压力，这更加是得不偿失的事情。

○当今时代最需要的不是物质富裕，而是精神充实。因为有了爱心，才会有真正的和谐；因为有了智慧，才会有真正的文明。

○一个人无论多么威严，多有排场，如果没有爱心相伴，也只是空余好看而已；一个人无论多么富足，多有地位，如果没有智慧相随，也只会是名利的仆人。

○作为凡夫的我们，虽然从无始轮回以来到现在，从来没有休止过，一直在为自己的利益而繁忙奔波，然而很可惜，一点也没有往觉悟的方向发展，反而更加陷于迷乱的轮回苦海之中。这好比广阔的河流没有休止，但它从来没有往雪山的方向上流，而是距离大海越来越近一般。

○就如一头脖子上拴了一条几十米长绳子的牛，而绳子的另一端绑在一根木桩上，这头牛想摆脱绳子，于是围着木桩转来转去。结果怎么样？绳子越转越紧，最后这头愚痴的牛被紧紧困住，一动都动不了。我们正像这头牛，越追求亲人、钱财、身体这些外在的东西，在轮回里就会被越缠越紧。

○我们凡夫众生，在轮回之中都如身患重病的病人，一切钱财、眷属、身体享受等外在的快乐则像止痛药。我们越追求外在的快乐，病情就会越重，痛苦也会越来越强烈。

○如果我们依靠佛法把内心的我执去除，就像做手术切除了病根，那么我们根本不需要吃止痛药，就能够完全康复。

○我们应该以真诚和包容之心，来善待他人；以善巧和智慧之心，来处理事情；以慷慨和无私之心，来善用财物。如果我们在生活的点滴中能做到如此，无论遇到什么人、什么事和什么物，都会给我们带来幸福和快乐。

○富而不贪是一种布施，尘而不染是一种持戒，痛而不恨是一种忍辱，累而不懈是一种精进，思而不乱是一种禅定，显而不着是一种智慧。

○有爱心的人，处处给人温暖；有私心的人，处处给人冷漠。

少欲知足真富翁

○贪者追逐名利，导致堕入饿鬼道；行者少欲知足，生起出离之心，超越三界轮回，获得解脱自在。嗔者害人害己，导致堕入地狱道；行者自利利他，圆满菩提之心，普度有情众生，成就色身佛果。痴者取舍颠倒，导致堕入畜生道；行者证得空性，圆满法界智慧，远离一切戏论，成就法身佛果。

○拥有少欲，才能生起小乘的出离心；拥有爱心，才能圆满大乘的菩提心；拥有智慧，才能证得金刚乘的大手印。有了出离心，才能做到诸恶莫作；有了菩提心，才能做到众善奉行；有了大手印，才能做到自净其意。出离心、菩提心和大手印之见地，是一切佛法的精髓、三藏十二部的要义、显密佛教的核心。

○少欲，才是人生最大的幸福；知足，才是人生最大的富裕；爱心，才是人生最好的良伴；智慧，才是人生最好的明灯。幸福和快乐不存在于外境，而是来源于内心的宝藏。如果你想获得真正的幸福和快乐，不要向外寻求，应当从内心中发挥和挖掘。

○寂天菩萨写道："当你说话时，必须不贪不嗔，以温柔的语调和适当的长度，轻松、切题、清晰而愉快地说。当你看人时，必须以真诚而慈爱的眼睛看，并且观想：依靠这位仁慈的人，我将大彻大悟。"我们要以智慧与他人交流，以慈悲去对待别人。在日常生活中修心，令智慧和慈悲迅速增长，使自利和利他任运圆满。

○龙树菩萨曾经在《亲友书》中说过："应如水上画画一样，立刻忘掉别人对我们做得不好的事或令我们烦恼的事；要像石头上刻字一样，常常牢记别人对我们所做的好事或佛菩萨之功德。"

○当有人批评你的时候，若是你自己没有错误，何必为此而生气烦恼？若是你真的有错误，为此生气烦恼又有何意义？他说的是真话呀！正如《萨迦格言》中所说："聪明人能勇敢地改正自己的错误，傻瓜连缺点都不敢承认；雄鹰能啄死有毒的大蛇，乌鸦连小蛇都不敢得罪。"

少欲知足真富翁

○是你的迟早会是你的，没有必要为它而烦恼；不是你的永远都不属于你，为它烦恼又有何用呢？

○真诚源于感恩之心：无论众生以顺缘的方式利益我们，还是以逆缘的方式伤害我们，都会使我们成长、坚强和成就，所以众生对我们恩德很大，值得真诚对待。包容源于平等之心：无论任何民族、任何宗教和任何国家，都怀着同一个梦想而共存于同一个世界，地球是一个大家庭，我们应该相互包容、和谐共处。

○对人真诚，要有聪颖，而不等于愚痴的善良；对人包容，要有原则，而不等于对他人放纵。

○即使我们意识不到自己缺乏真诚和包容，也不应该轻易地怨恨别人；即使我们体会不到自己不具备善巧和智慧，也不应该轻易地冤枉他人；即使我们觉察不到自己内心的自私和欲望，也不应该轻易地埋怨对方。

○当你认识一个人时，将来他会成为你的亲人还是仇人，取决于你如何对待；当你遇到一件事时，将来它会给你带来利益还是造成麻烦，取决于你如何处理；当你得到一件物品时，将来它会给你带来幸福还是痛苦，取决于你如何使用。

○欲望使人失败，无私令人成就；烦恼使人痛苦，觉醒令人快乐；执着使人束缚，放下令人解脱；无明使人迷惑，智慧令人证悟。

○严于律己，要有智慧；

宽以待人，要有慈悲。

只有智慧和慈悲，才能自利利他；

只有智慧和慈悲，才能自度度他；

只有智慧和慈悲，才能自觉觉他。

○水有美德，我们做人应该向水学习，因为水具备人类值得学习的十一种特质，分别为清净、透明、恒顺、原则、谦逊、包容、调和、毅力、勇气、利生和平等。

○清净：水的本质是清净的，人的本质也是清净的。水犹如我们的清净心，烦恼污垢的沙石本来就未曾污染过水的本身。

○透明：水具备透明的特质，心的本质也是透明与光明的。犹如镜面能映照万物，水晶能折射各色光芒。

○恒顺：水随着不同的器皿显现为不同的形态，遇方则方，遇圆则圆。修证道德的人也如此，遇到善人时以善的方法来引导，遇到恶人时以恶人接受的方式来度化。

○原则：水虽然遇方则方，遇圆则圆，但不会变成器皿，不会改变水自身的本质。同样的道理，修证道德的人能恒顺一切众生，但绝不会改变自己的原则。无论水处于任何形态——固体、气体或液体，水的本质绝不会被改变。同样地，无论我们处于顺境还是逆境，永远不变的是佛法的真理。

○谦逊：水虽然是生命之根，诸宝之源，但经常往低处流，在最低处汇集。同样的道理，修证道德的人也常常会低调和谦逊。越有修养之人，越会低调；越有内涵之人，越会谦虚。因谦虚好学而成为有内涵的人，就像成熟的麦穗低着头，而空麦穗却昂着首。

○包容：水遇到阻挡物并不会针锋相对，而是绕道而流。包容和宽恕的人就像水一样，既不计较，也不争论。以善巧智慧、不伤害众生的方式来完成自己的目标。

○调和：干的水泥、石子、砂石混合在一起没有什么反应，由于水的融合作用，才使这三种物质凝结在一起，形成了坚固的建筑构件。同样的道理，由于爱心的存在，人与人之间、人与动物之间、人与社会之间、人与大自然之间才有可能和谐相处、充满和平。

○毅力：水具备非常大的毅力，水滴到坚硬的石头上，久而久之连石头都能穿透，这就是所谓的滴水穿石。我们人类也应该有毅力，做任何事情，无论如何要坚持到底，直到成功为止。

○勇气：无论前方是悬崖还是峭壁，水都毫不犹豫地勇往向前，形成瀑布、江河与大海。人也应该具备勇气，在人生的路途上无论遇到挫折还是逆缘，都应该毅然决然地面对、接受以及转化挑战，最终就像流水融入大海一般，一切逆缘和障碍转化为顺缘。

○利生：水的存在意义就是利益。没有水，人和动物无法生存；没有水，花草树木无法生长、发芽、开花、结果。人、动物、植物……大自然的一切万物都离不开水的滋养。

○平等：无分美丑、善恶，芸芸众生都平等地得到水的滋润。无分高低凸凹，自然环境都平等地得到水的滋养。所以水对芸芸众生和自然环境的利益是平等的。

少欲知足真富翁

为什么要替别人着想

我们凡夫只怕遭受痛苦，而不怕造恶业，其结果不但尚未远离痛苦，反而破坏了自己的幸福和快乐；圣者只怕造恶业，而不怕遭受痛苦，其结果不但尚未遭遇痛苦，反而成就了自利利他的伟大事业。凡夫由于取舍颠倒，其结果适得其反；圣者由于取舍如法，其结果如愿以偿。

○愿每个人都懂得爱的真谛：爱是奉献而非占有，爱是随缘而非强求，爱是坦诚而非谎言，爱是无私而非功利，爱是包容而非狭隘，爱是温暖而非冷漠，爱是智慧而非愚昧。请敞开你的心扉，将真爱的能量释放！

○我小时候不懂得如何孝敬父母，长大后去各地学习、求法，又没有机会孝敬了。记得，有一次我回家乡看望母亲时，妈妈对我说："虽然我每天都会想你，度日如年，但只要你好好学佛，将来好好地服务众生，我就会心满意足！"我发愿对每一位众生像对母亲一样善待，请诸佛菩萨加持我！

○让人非常遗憾的是，现在很多年轻人忘记了母亲的恩德。或是因为自己当时年龄太小，或是因为时间太过久远，因此体会不到母亲对自己有过什么帮助，反而常常会因为一句话不顺耳，就会跟母亲顶嘴、反驳。在现实生活中这样的现象实在太多了。

○天上太阳再灿烂，阳光再普照，如果土壤里缺乏种子，也不可能发芽，更不可能开花结果。我们应当从孝顺父母、提升道德修养、保护环境和关爱生命做起，才会得到佛菩萨的庇护，才能获得十相自在的神圣力量。

○年轻人常常沉迷于爱情，却往往不懂得什么是真正的爱。爱不是自私，而是奉献；爱不是染污，而是清净；爱不是狭隘，而是包容；爱不是冷漠，而是温暖；爱不是愚昧，而是智慧。有了真正的爱，婚姻就会幸福；有了真正的爱，家庭就会和睦；有了真正的爱，人生就会美满；有了真正的爱，前途就会光明。

○我们要培养自己对众生的热情。从家庭、金刚师兄、身边的朋友开始做起，逐步扩大到对一切众生热情、关心与包容，多为他人服务，让我们的心无限地扩展。

○幸福是需求最少，而不是拥有最多。

○有时我们在一些小事上获得成功时，会觉得自己了不起，既聪明又能干。其实这种想法是错误的，事实并非如我们想象的那样。我们的快乐、幸福、顺利和成功都来自他人的配合、支持与帮助，或依赖他人的提醒与鼓励。世间一切事物，都是因缘和合的道理。我们越有成就感，越要感激他人。

○无论善缘还是恶缘，在这人生的路途中都是令我们修行成长的助缘，所以要发自内心深处地感恩，感恩在这个世界上有善缘和恶缘，帮助我们获得幸福，给予我们愉悦快乐，对我们具有非常大的恩德。

○如果我们能视自己为所有众生的仆人，把自己放得很低、看得很轻，那么，我们身上的自私和傲慢自然就会随之消失，慈悲就会随之展现。

○慈悲不是一个大而空的口号，真正的慈悲是能站在他人的角度去思考，能懂得他人的感受和需求；而智慧则是尽量去恒顺他人。

○如果我们能把握当下的每一刻，保持觉醒，珍惜拥有，并以知足之心来约束自己，以感恩之心去善待他人，以智慧之心去安居立业，那么幸福就在我们的身边，快乐就在我们的心间，成就就在我们的掌中。

○人生短暂，难得相聚，全家人能够一起度过春节是很幸运的事，值得大家珍惜，并相互善待。年轻人应该给老年人好好拜个年，让老年人心中充满欢喜，祈愿他们长寿健康，幸福平安！这不仅是一种孝顺的表现，更是一种基本的修行。

○如果你对父母孝敬、依顺，那么将来你的子女也会一样给你带来幸福感，这就是善有善报；如果你常常和父母吵架，不把父母放在心上，将来你的子女也会潜移默化地受到影响，如此对待你，这就是恶有恶报的道理。

○不与父母争，不和兄妹斗，只愿家庭和睦。做人的道德和为人的品格，是从善待自己的家人开始做起。

○年轻人请记住，尽量不要和自己的父母吵架，跟父母吵架会严重影响你的运气、家庭、事业、健康、婚姻、命运、子孙等。一切都不能如愿以偿。

○我们作为子女，能有机会报答父母的恩德是很幸福的。很多人的父母已经不在了，即使明白了这些道理，也没有机会去弥补，这是令人痛心的遗憾。

○我们以"八心"来孝敬父母，回报恩德。"八心"是：经常问候，给父母舒心；少说多做，给父母省心；诚实守信，给父母放心；勤奋上进，给父母开心；虚心好学，给父母称心；宽容豁达，给父母顺心；诚实坦荡，给父母真心；持之以恒，给父母安心。

○亲人就像旅途中的旅伴，虽然大家一路同行，但谁也不知道旅伴什么时候会到站、什么时候会离去。在这短暂无常的相聚中，彼此之间一定要好好珍惜、好好相处，否则一旦离别，你一定会非常后悔——在相处的时候为什么没能善待他？为什么没能包容他？

○人生如梦一般的短暂、虚幻，但这并不意味着四大皆空，什么都不值得去追求，而是提醒我们把握当下，珍惜拥有，感受幸福。丈夫和妻子之间、父母和子女之间、兄弟姐妹之间，要彼此包容，和睦相处。短暂的人生路途中不应为鸡毛蒜皮的小事而争吵或发生矛盾，应该在幸福温暖的家庭里过快乐的日子。

○大家都希望有一个温暖的家庭。然而，温暖的家庭并不在于财产的富裕、家族的高贵和社会的地位，而在于奉献爱心、相互包容和彼此关怀。

○什么样的人会痛苦？忽略拥有，而追逐欲望的人，会常常痛苦。什么样的人会快乐？珍惜拥有，而少欲知足的人，会常常快乐。

○比如一朵美丽的鲜花，漂亮的花瓣在风中飘落，没有留下任何果实而消失，这是否令人感到很可惜？同样的道理，我们的人生仅仅在名利和爱情上虚度，没有丝毫获得内心的觉悟，这是否让人觉得非常可悲？

○人生的意义不在于名利和感情，而是慈悲和智慧。因为有了慈悲，才能自利利他，有了智慧，才能自觉觉他。

○一般来说，一切众生都希望自己得到幸福和快乐，诸佛菩萨们也希望众生获得幸福和快乐。虽然是同一个目标，然而标准却有所不同。凡夫众生想得到的幸福和快乐，是眼前的、暂时的、物质上的和虚幻的幸福和快乐，而佛菩萨们希望众生得到的幸福和快乐，是长远的、永恒的、精神上的和真实的幸福和快乐。

○我们凡夫只怕遭受痛苦，而不怕造恶业，其结果不但尚未远离痛苦，反而破坏了自己的幸福和快乐；圣者只怕造恶业，而不怕遭受痛苦，其结果不但尚未遭遇痛苦，反而成就了自利利他的伟大事业。凡夫由于取舍颠倒，其结果适得其反；圣者由于取舍如法，其结果如愿以偿。

○凡夫难免对外境贪执，外境不但不会带给我们幸福和快乐，反而会给我们带来无法想象的痛苦。比如：眼识贪执美色的缘故，飞蛾亡于灯火之中；耳识贪执妙音的缘故，野兽死于猎枪之下；鼻识贪执美味的缘故，蜜蜂困死花丛之中；舌识贪执香味的缘故，鱼儿钓于铁钩之上；身识贪执所触的缘故，大象陷于淤泥之中。

○烦恼犹如盗贼，迟早偷走心中的善财。贪欲会偷走知足之财，让你饱受贪婪之苦；嗔恚会偷走爱心之财，让你饱受怨恨之苦；愚痴会偷走才智之财，让你饱受无明之苦；妒忌会偷走随喜之财，让你饱受嫉妒之苦；我慢会偷走恭敬之财，让你饱受消福之苦。学佛，就是认识烦恼；修行，就是解决烦恼；成就，就是战胜烦恼。

○当你幸福时，若将幸福建立在他人痛苦之上，这不叫幸福，而是造业；当你快乐时，若那快乐会导致痛苦，这不叫快乐，而是痛苦尚未成熟；当你富有时，若那财富源于不正当行业，这不叫富裕，而是累债；当你自感聪明时，若那聪明用于自私，这不叫聪明，而是愚昧。真正的幸福和快乐，因为不立于恶，所以不生苦。

○当你幸福时，那幸福是否令人羡慕，要看你的幸福建于何处；当你快乐时，那快乐是否令人赞叹，要看你的快乐能否永久；当你富有时，那富有是否令人尊重，要看你的财富源于何处；当你自感聪明时，那聪明是否令人敬仰，要看你的聪明用于何处。表面上的成功不值得炫耀，成功源于何方，将来会导致什么才是关键。

○每个人都希望得到幸福和快乐，然而，不是每个人都诚恳地愿意去播撒幸福和快乐的种子——断恶行善。所以多数人越寻求幸福和快乐，越会适得其反。这就是生死永无止息的原因，更是痛苦无穷无尽的理由。

○有时，我们因为脸上的斑点痘痘而生起烦恼，为了使它们尽快消失而想尽方法。请想想路边或失明或肢体残缺的乞丐吧，这时我们是否会自然生起一颗怜悯之心呢？此时我们还会为脸上的斑点痘痘而烦恼吗？由此及彼，生活中的很多事情都适用这个道理。我们往往身在福中不知福啊！

○我们的快乐源于我们一直都祈望他人得到快乐，我们的痛苦源于我们一直只祈望自己得到快乐。

○我们为什么会生起烦恼？是因为我们看到众生的行为有过失。虽然这个烦恼是因由众生而缘起，但实际上还是我们自心仍有烦恼的缘故。佛陀的心续已经没有烦恼，所以他视一切众生没有过失，正因为我们自心有种种染垢，所以才会看到别人的过失。

○快乐，你希望得到，我希望得到，他、她、它也希望得到；痛苦，你不愿承受，我不愿承受，他、她、它也不愿承受。这就是所谓一切众生平等的道理。如果我们能真正体会到这个道理，就再也不会将自己的幸福建立在他人的痛苦之上了。

○我们应该珍惜自己已经拥有的东西，同时，不应该贪执不属于自己的东西。珍惜自己拥有的人常常会幸福，贪执不属于自己东西的人，往往会烦恼。

○佛教告诉我们：当我们幸福和快乐时，要想，这些幸福和快乐并不是实有和永恒的，就像天空出现的彩虹既短暂又幻化；同样，痛苦和忧虑的时候，也要想，这些痛苦和忧虑也是无常且虚幻的，就好比梦境中子女夭折一般。我们无论快乐，还是痛苦，都不应该过度地在乎和执着，而应视为如幻如梦、幻化无实来看待。

○现在的不愉快，是过去的执着所致。今日的执着，又会造成明日的麻烦。世间的任何东西，得到是偶然，最终消失是必然。当我们失去这些东西的时候，我们对它的执着越大，它给我们带来的烦恼越多，痛苦也越大。

○看到物质文明的发达，并没有令我感到惊奇，但发现人们与日俱增的精神压力，令我深深感怀。

○真正的幸福和快乐，并不一定源于物质文明，而是源于健康、充实的精神世界。

○当今时代的人们所遇到的问题，并非是饥饿寒冷、居无定所，而是精神崩溃、心灵空虚。我们缺乏的不是物质文明，而是精神良药。

○很幸运，我们每一位众生都平等地拥有追求究竟快乐的权利，也都平等地具有达到究竟快乐的潜能。非常可惜的是，我们往往将眼前的快乐当作究竟快乐来看待，而失去了获得究竟快乐的机会。究竟快乐不在外境，而在内心。内心的祥和、安宁、喜悦、慈悲和智慧，皆是由内往外释放的，而不是靠外境求来的。

○当我们遇到某种现象时，如果能做到不分别和不执着，那么现象就会成为我们获得幸福和快乐的助缘；如果我们总是对现象进行分别和执着，那么现象就会成为我们遭受痛苦和烦恼的因素。

○当我们遇到外境变化时，它给我们带来的是快乐还是痛苦，是愉快还是烦恼，都取决于自己内在的心态。分别念少、执着轻的人，即使遇到难以解决的问题，也会很从容、善巧地化解，并从中体现出他的宽容和智慧；分别念大、执着强的人，哪怕是遇到鸡毛蒜皮的小事，也会使他烦闷忧郁，并导致发生害人害己的事。

○当我们愉快时，愉快的原因，并不意味着放弃了世间的琐事，而是对它看破和放下；当我们烦恼时，烦恼的原因，并不意味着现象对我们的干扰，而是对它分别和执着。

○当我们快乐时，快乐的原因，并不是因为我们多拥有了什么，而是减少了一些烦恼和执着；当我们痛苦时，痛苦的原因，并不是因为我们缺乏了什么，而是增加了一些自私和欲望。

○我们往往将自己的快乐和幸福，建立在他人的痛苦之上，不但丝毫没有体会他人的感受，也没有丝毫怜悯之心，反而自以为是地期盼着更加美好的明天，难道最终的结果不会适得其反吗？寂天菩萨曾说过："人人都不想吃苦，却自作吃苦；人人都向往幸福快乐，但与快乐的因为敌，破坏自己的幸福和快乐。"

○ 如果我们能把握每一刻的当下，且保持觉醒、珍惜拥有，并以感恩之心去善待周围一切的话，幸福在我们的身边，快乐在我们的心间，成就在我们的掌中。

○ 快乐和幸福来自真理。真理并不在外境，而在自己的内心。然而，内在的真理，并非人人都能靠自己得到体认，而是要依止有缘的善知识，才能体认到内在心的本来面目。我们具备追求真理的条件，若不追求真理的话，失去了生为人类的高级思维的价值，岂不是非常可惜的事？这跟其他的动物有什么两样呢？

○ 幸福与快乐并不在外境，而在自己的内心。我们却忙个不停地向外寻找快乐，反而离快乐越来越遥远。这好比，从前有一个人天生头上就长了一颗珠宝，但他自己不知道自己头上有珠宝，也没有人告诉过他这件事，他就不停地往外寻找珠宝，最后连自己头上的珠宝都被强盗取走。我们多么愚痴啊！

○我们的繁忙并不在利益他人的事情上，而是在利益自己的事情上，所以忙的最终结果，当然是一无所获。佛陀曾经很清楚地告诉过我们：幸福和快乐源于利益他人，痛苦和忧虑源于利益自己。无著菩萨也说："诸苦由贪自乐起，佛从利他心所生，故于自乐他痛苦，修正换是佛子行。"

○我们应该以真诚和包容心，来善待他人；以善巧和智慧心，来处理事情；以慷慨和无私心，来善用财物。如果我们在生活的点滴中能做到如此，无论遇到什么人、什么事和什么物，都会给我们带来幸福和快乐。

○给心灵一个假期，才是真正的放假；放下一切烦恼，才是真正的休息；打开被我执束缚的结，才是真正的自由；从痛苦中彻底解脱，才是真正的享受。

○每个人都愿意享受快乐，不希望遭受痛苦。然而，人们选择快乐的标准和目标却大不一样。凡夫为了追求暂时的快乐而失去长久的快乐，而行者为了长久的快乐而选择

暂时的苦行。真正的修行人绝不会沉迷名利，更不会羡慕
金钱和权力。因此，修行者的选择是积极的，心态是乐观
的，精神是充实的，人生是灿烂且光明的。

○当我们处于顺境之时，如果顺境成为修行的障碍，我们
不应心安理得的享乐，应以惭愧之心好好忏悔；当我们处于
逆境之时，如果逆境成为修行的助缘，我们不应灰心丧气，
应以坚强之心勇往直前。无论是顺境还是逆境，凡是圆满福
德资粮和增长智慧资粮的事情，我们都乐意接受。

○因为太期盼结果，所以往往忽略过程；因为忽略过
程，所以往往失去结果。

○真正的英雄，并不是能打败敌人的人，而是能降伏烦
恼的行者。打败敌人，只是一时的战胜。降伏烦恼，才是
永恒的胜利。打败敌人其实会制造更多的敌人，降伏烦恼
等于彻灭一切，也战胜一切。

○很多时候我们做人失败，修行不成功，究其原因是我们对自己缺乏智慧的自省和自察，反而对他人投入了丰富的鉴别和想象。对自己的起心动念、言行举止糊里糊涂；对他人的所思所想、所作所为却一清二楚。其实我们应该做到严于律己、宽以待人，这样才能使我们进步和成功。

○当我们处于顺境的时候，不应该得意忘形、心存侥幸，而应该怀有感恩之心；当我们遇到逆境的时候，不应该灰心丧气、怨天尤人，而应该怀有忏悔之心。

○家庭亲人因彼此关爱而和睦，人际关系因相互真诚而友好，工作事业因把握当下而成功，修行佛法因积福启慧而成就。酥油之灯因无风而点燃，爱心之灯因无私而明亮；太阳之光因无云而灿烂，智慧之光因无我而照耀。

○世上唯一能给我们带来长久快乐的事，就是内在的修行，而不是外在的物质。无论是高官厚禄，还是家财万贯，都无法保持永恒长久的快乐。这就是我们追求精神解脱的充分理由。

你和他谁更高贵

第四章

佛陀说："施饭给一百个恶人，不如施饭给一个善人；施饭给一千个善人，不如施饭给一个持五戒的人。"五戒为不杀生、不偷盗、不邪淫、不妄语和不饮酒。一个人持五戒的功德比一千个善人做好事的力量还大。我向有缘人合十，请不要为过年的美食而杀生！爱护生命，才能保障健康愉快；尊重生命，才能保障幸福平安。

　　〇所有生命都有珍爱自己的本能，正如西藏伟大的智者根敦群培所说："没有腿脚的蚯蚓为寻找快乐而漂泊，没有眼睛的蚂蚁也为追求安宁而游荡，总而言之，所有一切众生都为获得快乐而生存。"动物和我们一样，我们追求快乐，它们也追求快乐；我们逃避痛苦，它们也逃避痛苦。一切生命都是平等的，都在为离苦得乐而奔波。我们怎么可以只看重自己，却轻视甚至伤害其他生命呢？

　　〇无论人类、动物或其他生命，都是地球的过客。从古至今，曾出现过无数的圣贤、伟人、贵人、帝王、将军，都一一离开了地球这个大客栈。既然大家都是过客，那就都是平等的，谁也没有资格伤害谁，谁也没有权利侵犯谁。

○最近从电视上看到阿兹特克帝国的血祭传说，他们杀害人类来祭祀神明。我们不妨想象一下——假如自己是那个被用来祭祀的人，是否会感受到剧烈的恐惧和痛苦？一定会的。同样，当我们为了口腹之欲而杀害动物时，它们也一样会感受剧烈的恐惧和痛苦。每一个动物都珍爱自己的生命，每一个动物都有生存的权利。所以我们应该尊重生命、善待动物。

○每个人都希望过上安定舒适的生活，都担心受到恐怖事件的伤害。然而，对于很多动物而言，人类就像残忍的恐怖分子，为了满足自己的贪欲而去伤害无数动物的生命。

○我通过网络视频看到过"活熊取胆"的行为，令我非常悲伤。黑熊和我们人类一样，同样具备生命的尊严，也有苦乐的感受，更拥有生存的权利。我们有什么资格如此残忍地对待它们呢？我坚决反对活熊取胆！

○寒冬里，当有些人穿着名贵的皮草服装时，可曾想过这件衣服的来历？对我们来说，皮草仅仅是用来御寒或装饰的衣服，可对于毛皮的主人——那些无辜的动物来说，却是它们宝贵的生命啊！穿着这样的衣服，分分秒秒都是在积累罪业！我们能够安心吗？恳请大家不要再购买皮草制品，没有买卖就没有杀戮！

○从佛教因果的角度说，杀生所造的罪业是非常严重的。伤害生命罪业的轻重并不取决于它们体形的大小，而是取决于数量的多少。再小的生命也具备苦乐的感受，也有生存的权利。让我们深切体会动物的感受和对生存的渴望吧！

○逢年过节时，人们为了聚会、团圆，会享用各种大餐，举办各种宴会，这时往往会杀害很多生命、食用大量鲜活的海鲜，还常常伴随着过度消费、浪费食物的现象。人们只顾满足自己的口腹之欲，或炫耀自己的实力和地位，却从没想过那些动物被杀时的恐惧和痛苦，更没有想过杀生的可怕罪业。

○我们的欢乐团聚，不应成为动物们的妻离子散；我们的宴会酒席，不应夹杂着动物们的痛苦；我们的欢歌笑语，不应伴随着动物们的哀鸣；我们的口腹之欲，不应导致动物们被残杀。总而言之，我们的身体，不应成为动物的坟墓！我向有缘人合十请求：不要为节日的美食而杀生！爱护生命，才能保障身心健康；尊重生命，才能保障幸福平安。

○狗不仅是人类最好的朋友，也是人类最长久的朋友，请不要为了吃它们的肉而杀害它们。狗是我们的朋友，不是我们的食物！

○地球上的一草一木、一花一叶，乃至一切资源，都是为所有生命提供的。动物与人类一样，平等拥有共享自然资源的权利。所以我们人类不应过度贪婪，破坏环境。

○不耗费资源，不毁坏环境，只愿拯救地球。过度的贪婪和无限的欲望，是毁灭地球和导致自然灾害的恶因。

○我们可以回顾一下：从小到大，为了自己的口腹之欲，吃过多少动物的肉？为了赚钱、养家糊口，伤害过多少生命？我们为什么会这样做？就是因为缺乏怜悯之心、利他之心、菩提心。这么做以后谁的损失最大呢？正是我们自己；这样做的恶果会报应在谁的身上呢？也是我们自己。所以，伤害其他生命就是伤害自己，自己最值得怜悯。

○破坏大自然，等于破坏自己的家园；浪费资源，等于浪费自己的福德；伤害动物，等于伤害自己的生命。最终亏损的还是自己，实在是得不偿失啊！如果我们真的疼爱自己，就应该小心谨慎地对待自己的行为。

○一个人入住高级酒店，房间里有丰盛的美食及饮品，他以为都是免费的，于是随心所欲地享用，然而当他离开时才发现，这些享用都会从押金里扣除。同样，在短暂的人生里，人们过度地开发资源，破坏大自然，肆意伤害生命、浪费食物，并心安理得，然而当他离开人世时才会发现，这些奢侈行径都会从自己的福德里扣除。

○伤害生命、破坏环境的因果报应只会自作自受。因果，是宇宙中最客观、最合理、最公正的规则。

○我们为什么会流转轮回？唯一原因是对"自己"太好了。虽然我们对"自己"很好，但这个"自己"对我们好吗？我们给"自己"吃海鲜、穿皮草，伤害其他生命以滋养"自己"，无微不至地照顾"自己"，但最后的回报是什么？是把"自己"的来生送入了三恶道。在这件事上，我们绝不能再执迷不悟了。

○很多人认为，人不能没有钱，贫穷是很可怕的事。其实，比贫穷更可怕的是有了钱之后，用它来造严重的恶业，用它来伤害无辜的生命，用它来破坏自然……我宁可因为没钱而饿死，也不愿用钱去做伤害生命、导致来生堕入地狱。

○怀有爱心智慧之人，将钱财善用于拯救地球、提倡环保、救护生命、修桥补路、扶贫助困、解救灾祸，利人利己、积累资粮，这种人意味着从光明走向光明；自私愚昧之人，将钱财用于毁灭地球、破坏自然、伤害生命、吃喝玩乐、穷奢极欲、制假售假、贩卖武器，害人害己、种下恶业，这种人意味着从黑暗走向黑暗。

○对生命的关怀与善待，是我们的责任。佛教的慈悲，不仅仅局限于人类，对一切具有感受的有情生命都要关心、怜悯和爱护。

○在寒冷的冬天，当我们待在温暖舒适的房子里，穿戴着暖和的衣袜鞋帽时，一定要想到：此时此刻，还有很多生命无处安身，流浪在外，正在遭受着严寒的痛苦。

○佛陀说："施饭给一百个恶人，不如施饭给一个善人；施饭给一千个善人，不如施饭给一个持五戒的人。"五戒为不杀生、不偷盗、不邪淫、不妄语和不饮酒。一个人持五戒的功德比一千个善人做好事的力量还大。

○不杀害生命，不欺蒙众生，只愿尊重众生、利益有情，理由有三：一，从过去看，轮回中的一切芸芸众生都曾做过我们的大恩父母；二，从现在看，一切众生都是我们修行的所依助缘；三，从未来看，一切众生都是未来的佛陀。

○一切众生都是修行的所依助缘，是修行路上不可或缺的修行对象。寂天菩萨在《入行论》中说："修法所依缘，有情等诸佛，敬佛不敬众，岂有此言教。"从修行所依助缘的角度而言，众生与佛的作用是相等的。既然佛和众生同等重要，那我们为什么只尊重佛陀而不尊重众生呢？

○令佛菩萨欢喜的事，是做到让众生欢喜。《入行论》中说过："除了让众生欢喜以外，再也没有令佛菩萨欢喜的事。"让众生欢喜的事，首先是不伤害生命。在不伤害众生的前提下，还要力所能及地去服务众生，我们才会真正得到佛菩萨的护佑。如同要想让一位母亲欢喜，首先要让她的孩子们欢喜一般。

○为什么让众生欢喜，我们才能真正得到佛菩萨的护佑呢？是由于我们内在有了感召爱心的大力量，才能真正得到佛菩萨的护佑。谁的爱心大，谁就能得到佛菩萨的护佑！就好比在连绵的群山中，哪一座山最高，哪一座山就能最早得到太阳的照耀与温暖。

○我们一生中的幸福与快乐，都源于他人的爱心、关怀和奉献。因此，我们要感恩父母的养育，感恩老师的教育，感恩朋友的陪伴，感恩大地、房屋、公路、桥梁、公园、流水、一尘一土、一草一木带给我们的幸福与快乐。我们要时刻心存感激之情与回报之心。感恩回报的最佳方法，就是保护环境和关爱生命。

生死只在呼吸间

第五章

佛陀告诉我们，轮回的一切过患、无穷无尽的痛苦，皆是从无明开始，因无明引发。正如第三世大宝法王在《了义大手印》中所说："从本未有自现迷为境，由无明故执自明为我，由二执故流转于诸有，愿断无明迷乱之根源。"

○华智仁波切说："一切生者皆无常，必定会灭亡；一切储存皆无常，必定会耗尽；一切集聚皆无常，必定会分散；一切建造皆无常，必定会崩坏；一切升起皆无常，必定会落下。因此，敌与友、幸与不幸、善与恶、心中的念头，这一切永远都在变化。"既然轮回的一切都是无常，那么除了解脱外还有什么事情值得追求呢？

　　○不要等到奄奄一息才领悟无常；不要等到无药可救才感恩生命；不要等到生命终结才断恶行善；不要等到面临死亡才想到修行；不要等到神志不清才求佛保佑；不要等到离开人世才寻求解脱；不要等到身心分离才求生佛国。修行应当从小事做起，从现在做起，从当下做起，从内心做起！

○人的寿命就像昙花一样瞬间流逝，谁也无法将生命延续到永恒。死亡离我们越来越近。昨天所享受的一切美好，到了今天只不过是一个记忆罢了，但是我们为它所做的一切恶业却如影随形，并自然形成了对死亡的恐惧和死后的包袱。唯有众善奉行，才会对此生、来世都有好处；唯有利益他人，才会对自己、他人都带来快乐。

○佛陀告诉我们，轮回的一切过患、无穷无尽的痛苦，皆是从无明开始，因无明引发。正如第三世大宝法王在《了义大手印》中所说："从本未有自现迷为境，由无明故执自明为我，由二执故流转于诸有，愿断无明迷乱之根源。"

○人类从出生到死亡一直都在忙个不停：小的时候忙着读书和娱乐；长大以后又忙于工作和情感；到了晚年仍然在为子孙和俗务而忙。当今社会，人们终日被电脑、手机、网络所左右，一刻都不曾停歇。然而，最终除了满脸皱纹和精神空虚以外，我们还能拥有什么呢？所谓人生的幸福和快乐又是什么呢？我们忙的意义又在何处？

○顺治皇帝有首诗中提到："古来多少英雄汉，南北山头卧土泥。"这两句诗很好地表达了对死亡无常的感受。连英雄都会卧土泥，何况我们这些凡人？但是从另外一个角度来看，我们也是英雄，我们是与烦恼和死亡战斗的英雄，要趁着我们还没有卧土泥，努力观修无常，战胜烦恼、战胜我们僵硬的心。

○生命犹如一株花，我们时刻精心地对它照料：翻土、施肥、浇水……无论怎样，最终它仍然将会鲜花凋落，茎叶干枯。人的一生便是如此，身体衰老、精神糊涂，最终面临死亡、离开人世。谁都逃脱不了死亡的大关，也改变不了无常的事实。

○人人都知道自己一定会死亡，却不知道什么时候死亡降临，也不知道会以何种方式去死，这就是死时不定。当我们听到亲人、朋友甚至陌生人死去的消息时，应该意识到：这是在提醒我们死亡无常。

○人身难得，生死无常，我们要珍惜每一分每一秒，莫要贪图享乐，应虔诚祈请历代上师加持，认真学佛，努力修行，尽快圆满成佛。人生苦短，转瞬即逝。一旦白发苍苍，老眼昏花，牙齿掉光，记忆衰退，便为时已晚。仔细想想，如果此生我们没能好好把握，这样的机会一旦失去，恐怕就不会再来了吧。

○在这么无常、这么短暂的人生中，没有哪一件世间的事值得我们过分在乎、过分执着、过分操心。只有一件有意义的事——想方设法在心中生起菩提心！这样，无论我们还能活多久，菩提心都不会离开我们。这一生种下了菩提心的种子，下一生就会慢慢发芽，再下一生就会开花，最后一定会结果——证得菩提。

○无始以来，我们在六道中流转轮回，生生死死，饱受煎熬，白骨堆积如山，白白浪费了无数次人身，令人痛惜。而在人的一生中，世俗之事就像水波一样，没完没了，永远不会消失。如果我们每天都为这些琐事辛苦奔波，如此忙碌一生，最终的结果也只不过是让自己的骨山上又多出一具尸骨罢了。

○一棵全部腐烂老死的树，它的腐烂是不是最后一刹那才发生的呢？显然不是。从树苗刚刚出土时，腐烂就已经开始。一个人上台当领导，在上台的同时，已经进入下台的过程。所以，从粗大的无常来看，死亡是一个断气的状态；从细微的无常来看，在我们投胎时，死亡就已经开始。

○俗话说：黄泉路上无老少。因此，我们对所拥有的东西不要太吝啬；同时也要尽量减少营计，不要去计划太大的事业。否则一旦死亡突然来临，谁来收拾这些烂摊子呢？

○因为轮回的诱惑太大了，这么长时间流转轮回，这么长时间受苦受难，但我们还在贪着这个轮回，一刹那都没有生起过出离之心，从这个角度上看，我们这些凡夫真是迷惑的，是无明的，是作茧自缚的。

○趁着死亡未至，身体还算健康时，我们从当下开始做起，不再逐名夺利，一举一动、一言一行都严格按照佛法要求去做，让心中的念头也都与佛法相应。若是能做到如此，身、口、意会清净，也可以很幸福地生活。同时，自己所造的恶业越来越少，行善越来越多，那我们也就离成佛更近了，从轮回解脱的机会也就更大了。

○当我们平安幸福时，我们觉得不需要信仰，修道和解脱的事也与我们无关，只要生活富裕、身体健康，我们就感到很幸福。然而，我们所拥有的这些，到了生命尽头的关键时刻却显得无济于事，对我们毫无帮助，生命仍然如此脆弱和无助。这时候唯有信仰，才能使亡者灵魂安宁，令生者淡定存活。

○死亡，不是生命的全然结束，而是另一段新生命的开端。你即将拥有什么样的新生命，取决于死亡的那一刻是什么样的心态。死亡时的正面心态则取决于一生中是否有行善、修行。

○人老了，花也枯萎了，这就是无常。无论贫富贵贱还是男女老少，都同样会面对死亡；无论山河大地还是树木花草，都离不开无常的事实。既然一切都是无常、虚幻的，还有什么事情是值得我们执着和留恋的呢？

○死亡随时都会出现，我们没有任何理由相信死亡不会马上降临到我们头上，因为人的生命实在是太脆弱了。

○经常思考自然界的一些灾难是好事情。它能让我们切身体会到因果业力的真实性，同时意识到一切万法的无常性。外在的大千世界离不开成、住、坏、空的自然规律；内在的六道众生躲不过生、老、病、死的无常事实，这就是佛经中所说的"诸法因缘生，诸法因缘灭"的道理。

○我们每个人都不得不面对一个残酷的事实——年复一年、日复一日，我们正在接近死亡。如果我们虚度人生，对死亡没有做充分的准备，那么一旦死亡来临时，我们一定会非常惊慌、恐惧和懊悔。但是，到那时已无能为力，为时过晚。

○万事万物刹那之间都在改变，我们这一秒钟看到的事物，下一秒实际上已经改变，但因为这些改变是连续的，我们凡夫看不出来。

○众生很难觉察到人、事物、环境的瞬息万变，再加上没有善知识的引导，没有进行观想无常的训练，所以体会不到无常的可怕，于是一直执着，招致轮回的痛苦。

○财富无常，终会用尽，应当舍弃吝啬，广结善缘；

地位无常，终会衰败，应当舍弃自私，无私奉献；

名气无常，终会失去，应当舍弃我慢，传递爱心；

亲人无常，终会离散，应当舍弃抱怨，和睦相处；

身体无常，终会衰老，应当舍弃贪执，勇猛精进。

无常的观念诞生永恒之真理，生活的点滴发现觉醒之道路。

○我们的寿命好比是一头牛，正被一个屠夫带向屠宰场，每走一步都离屠宰场更近一步。死亡就像屠宰场，正在年复一年、日复一日地接近我们……

○无常的思维随时都可以进行，比如眼前一根燃烧的香，烟在一点一点飘散，香在一点一点缩短，最终会消失，变成一堆灰烬，这都在向我们演说着无常的真理。

○近几年发生的地震，更让我体会到了无常。佛经有四句关于"无常"真理：一、比如地震时高楼大厦都倒塌了，这说明"高则必倒"；二、物质钱财都损坏了，这说明"积则必尽"；三、成千上万的人死亡了，这说明"生则必死"；四、亲朋好友都离散了，这说明"聚则必散"。真是诸法无常啊。

○时光飞逝、岁月荏苒，实际上无常从未离开过我们，只是我们体察不到而已。其实我们的出生就是死亡的开始；创造就是毁灭的开始；聚合就是离散的开始；得到就是失去的开始……这就是诸法无常的道理。正如《二规教言》中所说："一切高贵终堕落，一切荣华终衰竭，一切美妙终丑陋，有为诸法岂未见？"

○当你追求世间的一切时，你会发现毫无时间修行，同样地，当你将要离开世间时，你会发现毫无机会享受这一切。

○人人都希望生活过得幸福自在，人生过得无忧无虑。然而，很可惜，关键问题就是方向权不掌握在我们手里，而在心的手里。心又被业力和烦恼所左右，业力和烦恼又是由我执在掌控和主宰。所以我们只是心的仆人，也是业烦恼的仆人，更是我执的仆人。难道你想过得幸福自在就能幸福自在吗？想无忧无虑就能无忧无虑吗？

○我们的思想一直在做着各种计划——房子怎么买、哪种汽车更好、把钱投资在什么上才能升值等，心就会散乱，就不容易生起思维无常的念头。我们很可能没有几年就会死去，可如果思想一直沉浸在十年百年的计划中，死亡无常的概念是不可能培养起来的，更不可能为死亡做准备，这就是我们不能修好无常的原因。

○人生就像舞台，不到谢幕，人们永远不会珍惜，也体会不到生命是多么无常。

○为什么要观修死亡无常呢？对于修行人来说，最大的障碍就是对今生今世的贪执，也是过于追求此生此世的名利。只有观修无常才能去掉这个贪执，断除对名利的过分追求。如果不断掉对此生此世的贪执，佛法的知识再丰富，修行的时间再长久，戒律守持得再清净，也谈不上是修行者。

○对于我们初学者来说，在内心中未生起菩提心和证悟空性之前，应唯一观修死亡无常。世尊说："若多修无常，已供养诸佛；若多修无常，得诸佛安慰；若多修无常，得诸佛授记；若多修无常，得诸佛加持。"

○我们并不需要通过算命来询问将来死后自己会去往哪里，也没有必要寻求圣者以神通来观察我们将投胎何方。死后的去向，取决于当下是造恶业还是行善业；死后投

生死只在呼吸间

胎何处，取决于心中生起恶念还是善念。据佛经所说：嗔恚投生地狱；吝啬投生恶鬼；愚痴投生畜生；贪欲投生人道；嫉妒投生修罗；我慢投生天道。

○拥有势力和地位，拥有健康和亲属，生活富裕，身强力壮，年轻貌美，才华横溢，科技发达，医学高明……这些都不能成为我们可以不面临死亡的理由。人生本来就这么短暂，生命又极其脆弱，再加上全球各地灾难重重，我们随时随地都有死亡的可能，那为什么还沉迷在此生此世的名利之中，并做一些千百年后的计划呢？

○即使世间的科技再高明，创造力再惊人，物质世界改变再大，到面临死亡时，仍然无法改变无常的事实，也无法解决生老病死的问题。乔布斯先生的离世，就是对大家的一个提醒，也是一个呼唤，使我们从轮回的沉迷中觉醒。

○当面临死亡的时候，灵魂是否能找到美好的归宿，取决于具德善知识的正确引导，而不是盲修瞎练；灵魂是否能选择光明的前途，取决于自己一生的修行功夫，而不是临时抱佛脚。

○试想，当你无人陪伴的时候，有怎样的感受；当你失去财产的时候，是怎样的感受；当你孤独走在陌生黑暗的路上的时候，又有什么感受。即使亲人、财产以及身体都陪伴着灵魂，心灵仍会浮躁、焦虑、不安，更何况灵魂孤独漂泊的时候。为死亡做准备，等于是为灵魂找到美好的归宿，也是为灵魂选择了光明的前途。

○即使我们有许多亲朋好友，面临死亡的那一刻，他们也无法真正陪伴我们；即使我们拥有再多的荣华富贵，面临死亡的那一刻，也要孤独地空手而去；即使我们曾经身强力壮，面临死亡的那一刻，却成为尸体而被抛弃。所以，所有生命旅程中，死亡是最陌生、最孤独、最迷乱的旅程。我们应对死亡深刻体认，也应为它充分做准备。

○只有幸福的日子是不够的，因为此生既不是开始，也不是结束，在无数流转的生命里，不过是个片段罢了。死亡是另一段新生命的开端，并非是一了百了。既然死亡是新生命的开端，我们为何不去做对死亡和来世有益的事呢？死亡不可怕，可怕的是对死亡一无所知。你可以追逐此生利益，但不能没有对死亡的准备。

○寂天菩萨说：一个人做了享福百年的梦后醒来，另一个人做了瞬间享福的梦后醒来，他们都无法重复梦中所享的福，长寿还是短命，临死时都如同这两种梦一样，生前的荣华富贵都成了泡影，就算你生前获得了许多财富，并且得以长久地享受，但当你死去时，如同被盗贼洗劫一空一样，光着身子、空着手走向来生。

○清明节，透过媒体看到很多祭扫群众在为去世者祭祀。仅仅从传统的角度来看待，这是非常好的现象，但从佛教的角度看，这还是陷于迷信的状态。看到很多的坟

墓，这更加提醒我们死亡无常。在这个世界上，从古至今，无论有多少显贵、富翁、名人，最后的归宿只有一个，就是死亡。

○再富、再红、再成功也要面对生死无常的事实。在无常的规律面前，大家都是平等的，在缘起性空的真理上，更是平等。这就好比在花园里的花朵，再漂亮，再芳香，最后还是在花园里干枯；大海上的巨浪再高大，再磅礴，最后也还是在海中消失一般。人身难得，犹如昙花。一失人身，万劫不复啊！

○我们死时连丝毫财物都无法带走，死后连一个亲人都无法陪伴，如果我们不依教奉行去修行的话，在永无止境的轮回苦海里，谁会救我们呢？我们能依靠谁呢？佛陀曾经说："吾为汝说解脱之方便，当知解脱依赖于自己。"这才是"求人不如求己"的道理啊！大家一起勇猛精进地修行，才有解脱的希望！

十万个为什么 一个答案

导致轮回痛苦的因是什么？是造业。

造业的因是什么？是烦恼。

烦恼的因是什么？是我执。

我执的因又是什么？是无明。

所以，轮回的因果链就是：无明—我执—烦恼—造业—痛苦。

○古老的东印度格言说："如果你种下一个念头，你将收获一个行为。如果你种下一个行为，你将收获一个习惯。如果你种下一个习惯，你将收获一个性格。而如果你种下一个性格，你将收获一个命运。"种下善的念头，一定会收获幸福的命运；种下恶的念头，一定会收获痛苦的命运。种下善念还是种下恶念取决于你自己。

○自己吃饭自己饱，自己穿衣自己暖，自己喝药自己好。同样地，自己的因果要自己了，才能出离轮回；自己的罪业要自己消，才能超越三界；自己的烦恼要自己断，才能获得解脱；自己的佛性要自己悟，才能成就佛果。

○从前有一位太子对臣民关爱、平等对待，国王却不接受他的博爱，把他赶了出去。太子流浪到别国，由于劳累，在树下睡着了。此时国王辞世，正值大臣们寻觅继位者时，看见在树荫下睡觉的太子。太阳已走远，树荫却仍然遮住太子，大臣们觉得他不是普通人，决定请太子回国继位。这就是《法句经》中"如影随形"的故事。

○过去，有一个乞丐，躺在王宫附近的一个路边。他缺乏爱心，常心存恶意。很久以来，他一直期盼着王宫里的国王尽快死掉，希望自己当上国王，并拥有宫殿的一切财宝与美色。这乞丐由于业力的感召和恶意报应，被一辆马车压死在路上，并遭受无穷无尽的痛苦。这就是《法句经》中"如车马随行"的故事。

○春节即将结束，大家欢聚的情形仿佛昨夜一梦，转瞬即逝。开心被留在回忆里，美食只能成为回味，五彩烟花也只曾是天空的一瞬而已。除了业力，没有什么能跟随我们到永远。孝敬父母，关爱生命，怀有善念地度过春节，还是烦恼多多，大鱼大肉，自私自利地享受假日，都将会产生不同的善恶果报。

○节日里，人们团聚着、快乐着，也享受着各种美食。然而，几乎没有人想过，那摆放在餐桌上的令我们口腹之欲得到满足的美味佳肴的背后，付出了什么样的代价，也很少有人知道它会导致什么样的结局和后果。大家应当忏悔，否则便是自作自受。正如目犍连尊者所说："假令经百劫，所作业不亡，因缘会遇时，果报还自受。"

○当我不小心被热水烫疼的时候，就会感到自己业障深重，还会忆念起地狱的热苦。由于业障太重，就会受到热水的影响。业障清净会表现为不受地水火风的影响。如同祖师米拉日巴尊者，地不能埋，水不能淹，火不能烧，风不能摧，能超越和战胜一切！既然我们已经业障够重，怎么可以再伤害动物呢？难道真的不怕罪业加重吗？

○善行丝毫积累终会圆满，恶业点点去除终会清净，烦恼时刻对治终会解脱，修行日日增上终会成就。

○在生活的点滴里，对一切的起心动念，若能种下善念，我们最终的收获是幸福的，这便体现出"自己是自己的恃主"的真理，这就是良性循环的力量；在生活的点滴里，对一切的起心动念，若是种下恶念，我们最终的收获是痛苦的，这更加体现出"自己是自己的敌人"的悲惨结局，这就是恶性循环的结果。

○当今，人们的物质生活越来越富裕，社会科技越来越发达，却时常发生人心冷漠、丧失道德的事情。社会的发展，不能仅仅停留在物质科技层面，而是应该通过教育和正面、积极的信仰来唤醒人们的善心和良知。

○行善的果报是幸福和快乐，作恶的果报是忧虑和痛苦，种瓜得瓜，种豆得豆，这些果报是不可以用来相互交换的。

○我们现在拥有了很多东西，但会导致两种不同结果。有欲望的人会变得更加贪婪，有福报的人会变得更加慷慨。

○吃了甜的东西，就有甜的感受；吃了辣的东西，就有辣的感受；与他人建立友谊，则带给我们快乐；与他人结成怨恨，就带给我们痛苦；播撒良药的种子，终会结出良药，利人又利己；播种有毒的种子，就会长成有毒的果实，害人又害己。我们生活中的点滴都离不开因果的现象，还有什么理由不承认善恶因果的事实呢？

○导致轮回痛苦的因是什么？是造业。造业的因是什么？是烦恼。烦恼的因是什么？是我执。我执的因又是什么？是无明。所以，轮回的因果链就是：无明—我执—烦恼—造业—痛苦。

○过去世种了什么因，这一世得什么果；这一世种了什么因，下一世得什么果，因果分毫不差。吝啬是贫穷之因，不可能换来富足之果。

○凡是伤害他人的一切思想和行为都属于恶，凡是利益他人的一切思想和行为都属于善。总之，任何直接或间接、明处或暗处给人带来痛苦的都是恶；任何直接或间接、明处或暗处给人带来快乐的都是善。断恶离苦，行善得乐。

○我们凡夫没有判断因果的能力，学习因果法就必须掌握最主要的原则：知道产生痛苦的因是什么，产生快乐的因是什么。简明扼要地说，善业是产生快乐的因，恶业是产生痛苦的因，这两种业加起来就涵盖了一切业。

○我们无始以来一直在流转轮回，这并不是老天在惩罚我们，而是由于我们自身有很多恶业，这些恶业是无始以来累积下来的，数量之巨大是整个宇宙也无法容纳的。正是这些恶业使我们一直沉溺在轮回中，饱受折磨、历尽苦难。当我们明白这个真相时，心里会不会痛苦、悲伤、遗憾？有没有一点忏悔之心？

○很多人嘴上说不信因果，但他的所作所为却离不开因果的规律。人们为了秋天的好收成而努力耕种，为了未来的好前途而培养孩子，为了富足的生活而拼命赚钱，为了生老病死的保障而购买保险……就连口渴时要喝水，饥饿时要吃饭都是因果的现象。人们的生活点滴都离不开因果，又有什么理由不信善恶果报呢？

○比如，金翅鸟在虚空中高高飞翔时，它的影子虽然没有现出，但并非没有身影，最终无论它降落在哪里，黑乎乎的身影就会出现在哪里。同样，所造的善恶果报，虽然暂时不一定会现前，但最终不可能不降临到自己的头上。如《功德藏》云："高空飞翔金翅鸟，虽暂不见身影现，然与其身无离合，因缘聚合定现前。"

○当生命被杀害时，它们无法抗拒，也无处申诉，杀害生命的人即使没有遭遇到现前的恶报，也并不意味着他可以心存侥幸、心安理得。如《百业经》云："众生之诸业，百劫不毁灭，因缘聚合时，其果定成熟。"谁也无法逃脱因果的报应，也无法改变和阻挡因果规律的事实。这就是"万法皆空，因果不空"的道理。

○在这个世界上，成就的机会最大的是人类，堕落的可能性最大的也是人类；对社会奉献最大的是人类，对社会破坏最强的也是人类；对众生利益最大的是人类，对众生伤害最重的也是人类。想成为什么样的人，完全取决于自己的心。心善人便善，心恶人便恶；心正人便正，心邪人便邪。人类既伟大，又可怕。

○唯心主义认为意识是世界的本源，意识产生物质；唯物主义认为物质是世界的本源，物质产生意识。大乘佛教的观点既不是唯心主义也不是唯物主义。中观般若的大空性中，心和物是一体的；大法界的智慧中，主观和客观是一体的；究竟了义的境界中，能取和所取是一体的。

○虽然一切显现都来自自己的内心，但这绝不等同于唯心主义。根据佛教的观点，心的本性是空性，心的自性是光明。唯心主义既不提倡心的本性是空性，也不主张心的自性是光明。我们绝不能将大乘佛法的观点和唯心主义混为一谈。《金刚经》里说得很清楚："过去心不可得，现在心不可得，未来心不可得。"

○不执迷科学，不沉醉哲理，只愿证悟真谛。闻思佛陀的法教而实修实证，是净化心灵和启迪智慧的唯一途径。

○只有正确地闻、思、修佛法，才会有体认到诸法空性的智慧，只有体认到诸法空性的智慧，才有能力彻底根除内心的无明。

○世界上存在着众多不同的宗教，唯有慈悲和空性双运的见地，才是我所追求的解脱大道。

○凡夫众生就像照相机：它能记录很多影像，还可以通过调整焦距和闪光灯等方法拍摄远近大小、明暗不同的照片，却唯独拍不到它自己——照相机。同样，凡夫能感知地球上的信息，也能研究上至太空、下至地壳的现象，却唯独不清楚自己，不知道自己从哪里来、往哪里去，更不知道自己的本来面目——究竟实相。

○秋树之叶因起风而飘零，大海之鱼因巨浪而离散，生死轮回因业力而流转，芸芸众生因无明而漂泊。大海之舟因舵手而到岸，人生之舟因良师而解脱，身躯之病因良药而治愈，精神之病因妙法而觉醒。

○我们看世界时，世界如此真实；想世界时，世界仿佛实有。这并不意味着世界不是心的显现，也不表示世界不是如幻如梦、缘起性空，而是以无明的眼睛和迷惑的心所得出的结论。当我们看世界时，只凝视着世界的现象，而不知道五官是无明的产物；当我们想世界时，只观察和分别世界，而体认不到心是迷惑的思想。

○佛教认为，人的生命不仅是从生到死，还是一个循环的过程。人的一生仅是这个大循环中的一个环节。佛教对现实的态度超然，对文明的终极追求更透彻、更究竟。无论世界如何变换，佛教都有自己不变的真理。

○佛法的真理像是渡过苦海的船桥，是砍断我执的利刃宝剑，是治疗心灵的甘露妙药，是迷途暗夜中的唯一明灯。所以在我们沧桑的人生里，点点滴滴的生活中，有了佛法的指引才会使我们的前途更加光明，才会减轻我们身心上的压力、操劳、忧愁、痛苦等，更会唤醒我们沉睡中的真性，最终令我们证得大智慧。

○经、律、论三藏属于教法。戒、定、慧三学属于证法。教法以闻思来通达，证法以实修去现证。印度的大成就者世亲菩萨说："佛之妙法有二种，教法证法之体性，持教法者唯讲经，持证法者唯修行。"

○简单了解一下三藏和三学之间的关系。三藏为经、律、论，三学为戒、定、慧。律藏、经藏和论藏教导如何修持戒律、禅定和智慧。律藏的所诠义是戒学，戒学的能诠句是律藏；经藏的所诠义是定学，定学的能诠句是经藏；论藏的所诠义是慧学，慧学的能诠句是论藏。能诠句为用来表达的法句，所诠义为所表达的法义。

十万个为什么　一个答案

○以律对治贪烦恼，以经对治嗔烦恼，以论对治痴烦恼，三藏对治三种惑。观修不净对治贪，观修慈悲对治嗔，观修缘起对治痴，对治三惑殊胜道。布施财物对治贪，爱护生命对治嗔，闻思佛法对治痴，日常之中断烦恼。知足常乐对治贪，知母念恩对治嗔，树立正见对治痴，生活之中转烦恼。

○无始轮回以来，我们在自己的生命中，积淀了根深蒂固的相续习气，是我们不断陷入烦恼痛苦的生命之流的恶因，也成为我们获得解脱的阻碍。若我们在生活的点点滴滴中缺乏佛法这味甘露妙药，那我们可能是误入歧途，充满迷惑的。就像盲人独自走在空旷的荒野中一样，只会迷失方向。

○一个修行者要想渡过轮回的大海，若没有像舵手一样的上师善知识的引导，就难以超越轮回的束缚，虽然乘上了趋入佛法的大船，具备了一些功德，但因不能圆满还会沉没在轮回的苦海中，随业流转，无法到达涅槃的彼岸。正如《华严经》说："善知识就像船夫，救度我们渡过轮回的苦海。"

○佛陀就像太阳：太阳远离乌云密布，佛陀远离烦恼障碍；太阳的光芒普照大地，去除一切世间的黑暗，佛陀的智慧照遍宇宙，去除一切生命的无明；太阳的温暖能令一切万物生长，佛陀的慈悲培植一切众生的善根。

○无论哪一种宗教派系，只要具备慈悲和智慧双运的见地，都是值得我们追求的。正如佛经所说："大智故不住生死，大悲故不离众生。"拥有慈悲和智慧，才能自利利他、自觉觉他、自度度他。谁提倡慈悲和智慧教理，谁就是我们的宗教；谁宣说慈悲和智慧的真理，谁就是我们的导师。

○佛教的团体本来就应该是具有博爱、包容、智慧与和谐精神的一个团队。我们的使命就是要将这些博爱、包容、智慧与和谐精神传递到全世界的每一个角落，使全世界任何角落都充满这种精神。这不是一个人或几个人可以完成的，而是要靠一个团队的集体力量。让我们大家的力量聚集，将这种精神传递于无限的宇宙吧！

○学佛的意义，是依靠佛法的智慧，了解众生的苦难；依靠佛法的爱心，帮助和服务众生。有了智慧，我们才能对众生的苦难有切身体会；有了爱心，我们才会发自内心地帮助和服务众生。所以，我们应该在通达佛法道理的同时，对众生生起强烈的慈悲；在提高修行境界的同时，对万事万物生起缘生缘灭、无我空性的见地。

○世界上曾出现无数佛菩萨化现的善知识，他们以大慈悲心摄受众生，传法、引导、加持、护佑，提供种种方便解脱大道。但我们仍然执迷不悟、以苦为乐、执我为实，身、口、意总是与佛法背道而驰。由于自身的我执和业力感召，最终我们没有被佛菩萨救度，至今仍在轮回中流转，在苦海中受苦，实在应感到遗憾和忏悔。

○佛法是生活中珍贵物、无价宝。我们在生活的点滴中可以没有钱财，没有地位，甚至宁愿失去生命，也要保有佛法。钱财只是暂时的友伴，地位只是半辈子的友伴，生命也只是此生的友伴，而佛法不仅是今生的依处，更是生生世世、多世多劫乃至证得佛果为止永恒的怙主。

○佛陀像太阳，善知识就像放大镜，自己则像燃料。如果没有放大镜聚集太阳的光芒，燃料是无法自行燃烧的。我们想要得到佛陀的加持，如果没有依止善知识的指导，三宝的加持之光就不可能聚集到我们的身上，我们就无法燃烧相续中的我执、烦恼、习气等罪业。

○学佛是为了觉悟宇宙人生的真谛，长养慈悲和了达智慧的真理。学佛不是注重表相的东西，更不是沉迷在修学佛法的表面形式上。作为一个佛弟子，做人的修养、品格要一天比一天提升，自己内心的烦恼、妄想要一天比一天减少，断除烦恼和增上功德，这才是修行的目的。

○人的品格犹如土壤，佛法就像种子，菩萨的功德就像苗芽，诸佛的境界就像果实。若没有肥沃的土壤，即使播下优质的种子，也长不出挺拔的苗芽，更无法结出饱满的果实。同样地，一个人若缺乏高尚的品格，即使获得殊胜的法教，并专心念佛，也无法得到诸佛菩萨的加持与护佑，更无法成就圣者的任何境界。

○初学佛法的人在没有打好基础的情况下就学习一些深奥的法门，其后果犹如空中楼阁。如果没有打好稳固的修行基础，不但无法树立空性的深奥境界之正见，连世间法都难以承办。就好像是冬天在冰上盖房子，冬季一过，冰雪融化，房子很快就会垮塌一样。

○具有上品之信心者，会得到三宝之上等的悲悯与加持；具有中品之信心者，会得到三宝之中等的悲悯与加持；具有下品之信心者，会得到三宝之下等的悲悯与加持；根本没有信心之人，得不到三宝之丝毫的悲悯与加持。

○佛陀在《指示无增无减性经》云："舍利子，此法义，是佛之行境，是佛之所悟；舍利子，此法义，就算是一切的声闻、缘觉，通过自己的智慧，都不可能清净正确地明了、见到、思维，就更不用说那些普通众生了。除了通过对佛的信心能够证悟此法义而外，别无他法；舍利子，真正了义法义，只能通过信心来证悟。"

○对上师三宝无伪的信心，是启迪智慧宝藏的先决条件，是证得心之本性的根本因素，佛陀在经中云："胜义谛宜依信心而证悟。"弥勒菩萨在《宝性论》中说："自生诸胜义，唯信即可证。"《华严经》云："信为道源功德母，增长一切诸善法。"龙树菩萨在《大智度论》中说："佛法大海，信为能入，智为能度。"

○信心就像太阳，上师三宝的功德犹如雪山，上师三宝的加持就像流水。正如具德上师帕摩竹巴在《大手印五支证道歌》中说："像雪山一样的上师四身上，如果虔诚心的阳光不照的话，加持的水就不会流出来，所以，请用专注的心去修持此虔诚。"

○一个人想要成佛，应该在信仰佛、法、僧三宝的前提下，首先从做人开始，由道德入手。在做好人和遵守道德的基础上，才有条件建立菩萨的功德和诸佛的境界。做人失败，越学佛越容易学偏；道德缺失，越修佛越容易修邪。噶举祖师冈波巴大师说："若不如法而行，仍种下因为佛法反而堕落恶道的因，实在无益。"

○一个人在危险的地方行走，可能会遭到强盗及野兽的伤害，若没有护送者的保护，要么会损失财产，要么身体受到伤害，甚至危及生命。如果行路人身边伴随着一位英勇的护送者，他就会远离这些可怕的险境，并平安地到达目的地。如《不动优婆夷传记》云："善知识们就像护送者，引导我们平安到达一切智者处。"

○虽然我们已经获得了暇满人身，但在漫长的生命旅途中，如果得不到善知识的引导、敦促和摄持，那么受往昔世强大的业力和不良习气的影响，我们只能不由自主地流转在轮回的苦海之中，受苦受难和无法自拔。所以依止和亲近具德的善知识是多么重要啊！

○当遇到善知识时，我们要仔细观察，绝不可盲目依止。各种各样的人都有可能出现，"善知识"当中可能有真有假，有具德的，也有不具德的；有利他的，也有利己的；有救度众生的，也有欺骗众生的。为了对师徒双方都负责任，我们应要小心翼翼地选择善知识。

○对修行不负责的人分两种。一种是到处皈依，从不修行；另一种是从不皈依，到处学佛。

○是否做到小乘的行为，取决于心中是否生起出离心，出离心是清净戒律的起点；是否符合大乘的思想，取决于心中是否具备菩提心，菩提心是六度万行的前提；是否达到金刚乘的见地，取决于心中是否保持清净观，清净观是生圆次第的先决条件。

○《三乘佛教如何同步修持》（显密圆融）——我们的行为，要做到小乘的行为：少欲知足，谨慎取舍。我们的思想，要符合大乘的思想：毫不利己，普度众生。我们的见地，要达到金刚乘的见地：悲智双运，轮涅不二。

○佛陀为众生指明了两种果位：一种是暂时的安乐，即是增上生；另一种是究竟的解脱，即是决定善。做人道德和因果取舍，是获得增上生的因；通达无我和证悟空性，是达到决定善的法。先有增上生，后有决定善。在增上生的基础上，才能建立起决定善。龙树菩萨在《中观宝论》中说："先增上生法，后生决定善；由得增上生，次生决定善。"

○大乘佛法的超胜之处就是菩提心，大乘佛教以菩提心为庄严，以菩提心为核心，以菩提心为根本，以菩提心为精髓。能够遇到殊胜的菩提心教法，就像乞丐遇到如意宝一样，应当极其珍惜。无论我们在轮回中如何流转，菩提心永远没有离开过我们，就像油没有离开过芝麻，酥油没有离开过牛奶一样。

○佛经中告诉我们，所有的修行方法以及为修行所做的付出和努力，重点都在于断除烦恼、降伏自心和破除以自我为中心的思想，发挥内在的潜能——爱心与智慧。这样修行才会有实质性进展，修行才会对成就起到重大作用。无论身处逆缘还是顺缘，只要我们具足正确的见地，生活中的一切都会成为增长修行的助缘。

○若我们没有追求究竟解脱，人天果报没有丝毫信赖可靠之处。天王帝释虽然堪为世间应供处，但受业力所牵，仍有天福享尽，沦为受人役使之时；虽然曾是转轮圣王，但受业力感召，仍有堕入恶趣，感受无量痛苦之日。龙树菩萨说："帝释堪为世间供，以业感召亦堕地，纵然曾为转轮王，于轮回中复成仆。"

○佛云："自己是自己的怙主，自己是自己的敌人，行善与作恶的时候，自己是自己的证人。"

○不伤害众生，就是断恶；能利益众生，就是行善。小乘行者注重断恶，大乘行者重视行善。出离心，是断恶的起点；菩提心，是行善的动力。证悟空性，是大小乘的共同趋向。为个人的解脱而修证无我，是小乘佛法的解脱之道；为普度众生而证得佛果，是大乘佛法的菩提大道。

○佛法的觉醒之道，就像一条清净的长河。长河具有滋养万物和冲刷污垢的作用，并不停地朝着大海的方向流淌。同样，觉醒之道也是如此，它具备增长众善和净化烦恼的功德，并不断地引领行者朝着佛果的大海迈进。增长众善的功德，是爱心；净化烦恼的功德，是智慧。

○佛陀的八万四千法门，是针对调伏众生的八万四千种烦恼而宣说。我们为了修行而做出的一切努力和付出，归根结底都是为了调伏自心。即使我们修行长久、佛学渊博和身份高贵，但内心如果仍然没有丝毫被调伏的话，那就只是徒有虚名，而不是名副其实的佛教徒。

○放下应从修持布施、奉献爱心做起。布施能放下对物质的贪执；奉献爱心能放下自私。布施分为三种：一是财物布施；二是无畏布施；三是法教布施。

○财物布施并不只是送施财物，而且能放下对物质的贪执。放下对物质的贪执，才是真正的财物布施。噶举祖师冈波巴大师说："不执一物，比供施所有财物殊胜。"

○无畏布施并不只是解救生命，而且能生起对生命的爱心。对生命生起爱心而解救生命，才是真正的无畏布施。如果具备慈悲心的前提下，能做到长期吃素，这是最好的无畏布施。大宝法王说："最好的放生就是做到吃素。"放生其实就是无畏布施。

○法教布施并不只弘扬佛法，而且能遣除闻法者的无明。为遣除无明而讲法，才是真正的法教布施。布施法教的目的，就是闻法者心中树立正知正见，并启迪修证的大智慧。修证的智慧，是所有智慧当中最殊胜的智慧。冈波巴大师说："由修证所生起的一刹那智慧，比由闻思所生起的所有智慧殊胜。"

○若能体认到贪欲会导致自私自利、贪婪无穷，并堕饿鬼道；嗔恨会导致害人害己、充满仇恨，并堕地狱道；邪见会导致毁灭善根、愚昧无知，并堕畜生道，我们就能放得下贪欲、嗔恨及邪见。佛经云："杀生之上无他罪，十不善中邪见重。"首先放下杀生和邪见。以关爱生命来放下杀生，以闻思佛法去放下邪见。

○若能体认到妄语会导致遭到诬陷、诽谤，并被他人欺骗；离间语会导致亲朋好友之间互不和睦，并被他人进行

反驳；恶语会导致经常听到不悦耳语，并自己所说之言也成了争吵之因；绮语会导致言语无有威力、口才拙劣等，根据造业的大、中、小，堕地狱、饿鬼及畜生道，我们就会放得下妄语、离间语、恶语及绮语。

○放不下的原因有三：一是不认识执着的过患；二是即使认识，也不相信；三是即使相信，也不愿意断除。若能体认到杀生会导致多病短寿，并堕入地狱，就会放得下杀生；若能体认到邪淫会导致家庭矛盾，并堕入无边地狱，就会放得下邪淫；若能体认到偷盗会导致财物贫困和福报减少，并堕入饿鬼道，就会放得下偷盗。

○佛陀曾说过："我接受凡世人与我争论，我不与凡世人争论。"这两句里充分呈现了佛陀的大爱和我们凡世人的愚昧无知。佛陀就像慈母，我们凡世人就像得自闭症的小孩。慈母包容患自闭症孩子的缺陷，却从不会给予孩子任何埋怨。

○佛陀曾明确宣布："凡世人认为存在的，我也承认其存在；凡世人认为不存在的，我也承认其不存在。"圣者不会与我们凡世人争论，不争论的原因，是不值得与我们争论，我们的思想迷惑、行为颠倒，争论有什么意义呢？就像正常人不值得与疯子争论一般。这句教诲，充分证明了佛教的包容，也体现出博大精神。

○佛教的真理，是最殊胜、最高尚、最稀罕的珍宝。弥勒菩萨在《究竟一乘宝性论》中说："因稀有，因无垢，因具胜能，因世间最美，因最高尚，因始终如一，故称稀世珍宝。"所以，不一定是任何人都能遇到，任何地方都会出现，任何时代都会出现的事情，而是众生共同的善业福报和诸佛的慈悲愿行双方机缘相合的结果。

○若有人问：佛教的真理如此的殊胜，有价值，且珍贵，那为何多数人却追逐感官享受和眼前利益，而不追求真理呢？由于我们欲望之故，抵挡不住世间的诱惑；由于无明之故，体认不到佛法的真理。所以只追逐世间的快乐，而不追求真理。我们的思想迷惑颠倒，行为舍本逐末，这与买椟还珠的故事没有什么两样。

○佛陀曾经说："诸佛无法用水洗掉众生的罪业，无法用手取掉众生的痛苦，也无法把自己的觉悟移植给别人，只是指明正确的真理，才能令人获得解脱。"如果我们想要清净罪业、远离痛苦、证得觉悟以及获得解脱的话，唯一的方法，就是依靠佛教的真理。

○遍于一切宇宙与生命的真理，称为尽所有智；超越一切宇宙与生命的真理，称为如所有智。尽所有智和如所有智是佛教的唯一真理。尽所有智，是从真理的广的角度而言，犹如辽阔的海面；如所有智，是从真理的深的角度而说，仿佛深广的海底。虽然深广的不同，但究竟是一体。

○遍于一切宇宙与生命的真理，称为世俗菩提心；超越一切宇宙与生命的真理，称为胜义菩提心。世俗菩提心和胜义菩提心是佛教的唯一真理。世俗菩提心，是从利他的角度而说，犹如美丽的花朵，给众生带来快乐；胜义菩提心，是从自利的角度而言，仿佛丰满的果实，自己成就圆满。

○慈悲和智慧是佛教的唯一真理，犹如凤凰的翅膀，缺一不可。如同凤凰的翅膀既是左右，又是一体一般，慈悲和智慧既是两面，又是一体。

○佛教的真理犹如明灯，将遣除一切众生的无明，并启迪心灵的智慧。跟着真理的脚步，让我们来一趟菩提之旅吧！这一定是一个寂静与安详的旅程。

○佛教的真理犹如虚空，比如虚空既遍于一切万法，又超越一切万法一般，是无处不在，无所不知，无所不能。世俗谛，是遍于一切而立；胜义谛，是超越一切而言。

○弥勒菩萨在《宝性论》当中说过，佛教的真理具备八种功德：一、不可思议；二、无二；三、无念；四、清净；五、光明；六、对治；七、灭谛；八、道谛。

○为什么日食和月食出现时行善功德大呢？按藏传佛教的说法，人身上有业气和智慧气两种。一般情况下，人每天呼吸两万多次，其中多数都是业气，智慧气几乎没有。日食和月食出现时，大部分呼吸是智慧气，由于智慧气的正面力量的牵引，修法、行善的功德及加持力不可思议。因此，藏传佛教很重视日食和月食等殊胜日！

○佛法告诫我们：处于下等根器阶段时，要以修持净戒为主，通过听闻佛法来认识烦恼，才能对轮回生起真正的出离心；处于中等根器阶段时，要以修持禅定为主，通过

思维佛法来降伏烦恼，才能对众生生起广大的菩提心；处于上等根器阶段时，要以修持智慧为主，通过实修佛法来根除烦恼，才能建立正确的空性见。

○学佛的关键，首先是通过佛法的智慧认识自己，明白自己处于什么状态，是什么根器的弟子，然后对症下药，进一步实修，才能有实质性的功效。很多学佛的人像没有经过诊断就自己乱服药一样，非常危险！自己明明是处于下等根器的人，却自以为是上等根器者，藐视因果、毁坏戒律，最终误入歧途、一无所成。

○由于修行者有三种根器，所以要依靠戒、定、慧三种学处，用逃避、对治、转换三种不同的方式去应对贪、嗔、痴烦恼。下等根器者以持戒来逃避的方式去应对烦恼的对境；中等根器者以修定来对治的方式去应对非理作意；上等根器者以修慧来转换的方式去应对烦恼的根本。初以戒为基，中以定为道，后以慧为果。

　　○初学者往往不太理解"非理作意"的意思，对于"非理作意"的最好的例子，正如《法句经》中所说的："他骂我、欺我、打我、夺我。如果保持着这种想法，我们便活在怨恨之中。"凡是对敌方保持着炽盛嗔恨的想法、对亲方保持着炽盛贪执的想法、对陌生人保持着炽盛愚痴的想法，统统都是"非理作意"。

　　○只要具足三种因素，人们心中的烦恼就会不由自主地生起。哪三种呢？一是惑根未断；二是对境亲近；三是非理作意。凡夫世人从无始轮回以来，心中的贪、嗔、痴烦恼毫无损害，完整无缺，这就是惑根未断；贪、嗔、痴的对境于面前出现，这就是对境亲近；于贪、嗔、痴的对境或起烦恼方面总是生起各种妄想，这就是非理作意。

○成佛之道分为道谛与灭谛。宗教、哲学和科学属于道谛。灭谛则超越宗教、哲学和科学。成佛之道有两种：方便道与智慧道。宗教、哲学和科学属于方便道。智慧道则超越宗教、哲学和科学。成佛之道有两种：暂时安乐之道与究竟解脱之道。宗教、哲学和科学属于前者，后者则超越宗教、哲学和科学。

○在世间，具有足够的资金才能住上五星级酒店。在轮回中，具有足够的福报才能拥有五星级的人身——暇满人身。我们每个人都是酒店的过客，没有人会在入住时觉得自己是酒店的主人。同样，我们也是地球的过客，来也赤裸裸、去也空手归；重要的不是你拥有什么，而是你放下了什么！

○常人认为水火是势不两立、无法相融的！但是桑拿房里的炭火只有在水的作用下才能起到加热的作用。炭火越旺，水越多，则越热！密乘见地就如同炭火，妄想烦恼就如同水，在正确见地炙热的力量下将烦恼的水变成兴盛智慧的助缘，这就是转烦恼为菩提道用的诀窍！

○轮回是美好的！所有解脱的对境都在轮回里，所有证悟的机会也在轮回中。如果抛弃轮回去寻找涅槃就像离开冰去寻找水一般不可得，因为轮回的本质就是涅槃，离开轮回的涅槃是不存在的，这就是"烦恼即菩提""妄想即法身"的道理。

○我在佛教的环境中出生成长，除累积佛教知识和形式上的修行外，内心的贪、嗔、痴及习气并没有减少。遇到我的恩德上师后，他老人家对我针对性地引导，窍诀性地指点，在他的慈悲和加持下我被自然降伏。上师调伏了刚强的我，度化了难化的我。我坚定地相信：上师是佛，上师是法，上师是僧，上师是三宝的根本。

○佛、法、僧三宝的根本，是上师。上师是诸佛之自性；上师是正法之根源；上师是僧伽之主体。正如第一世蒋贡康楚仁波切所说："上师鉴知我！具恩根本上师鉴知我！三世诸佛之自性，教证正法之根源；圣众僧伽之主尊。根本上师您鉴知！慈悲加持之巨藏，二种成就之生处，事业所愿悉赐予。根本上师您鉴知！"

　　○是否能得到佛法的加持，完全是由自己的心来决定的，佛法犹如太阳，太阳的光芒平等地照耀整个大地，大地是否能接收到全部的阳光，取决于地形地貌。朝北的山洞，即使太阳散发耀眼的光芒，也无法被照亮。所以，我们的心必须朝着佛法的方向，那样自然会得到如阳光般的不可思议的佛法的加持。

　　○每个人都有自己的处事原则，无论面对任何事情，我们要把握的是大原则、大方向，同时要把握好分寸，而不要太在意一些非原则性的小细节。家人、同事之间都要保持这样的相处习惯，如此才能让你的人生更精彩，让你的生活更有幸福感。在幸福、积极的生活状态下，修行是比较容易成就的。我愿意分享给你我的人生体会和佛法心得。